中公文庫

新装版

蛮　社　始　末

闕所物奉行 裏帳合（二）

上　田　秀　人

中央公論新社

目次

本書は中央公論新社より二〇一〇年五月に刊行された作品の新装版です。

蛮社始末

闕所物奉行　裏帳合㈡

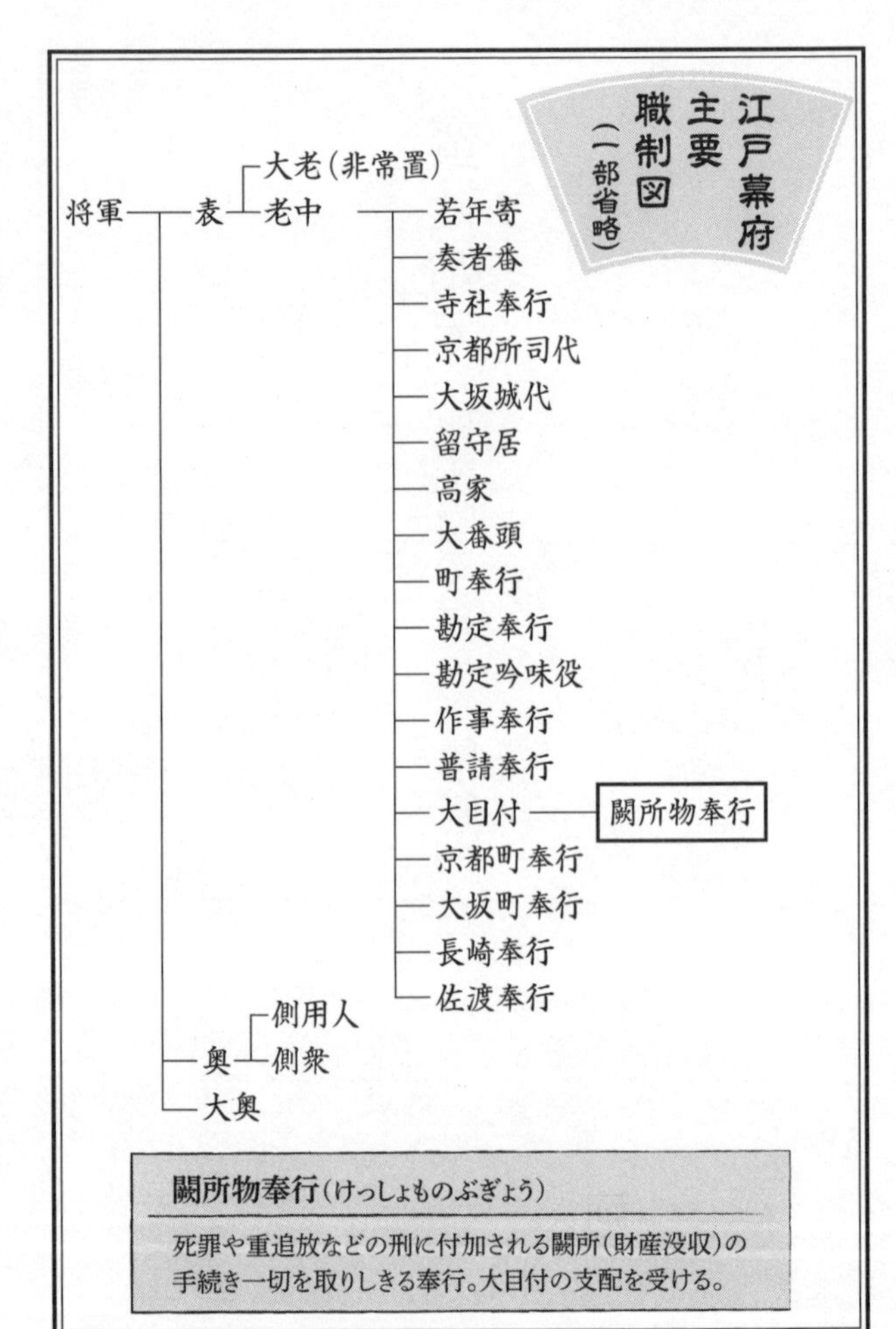

闕所物奉行(けっしょものぶぎょう)

死罪や重追放などの刑に付加される闕所(財産没収)の手続き一切を取りしきる奉行。大目付の支配を受ける。

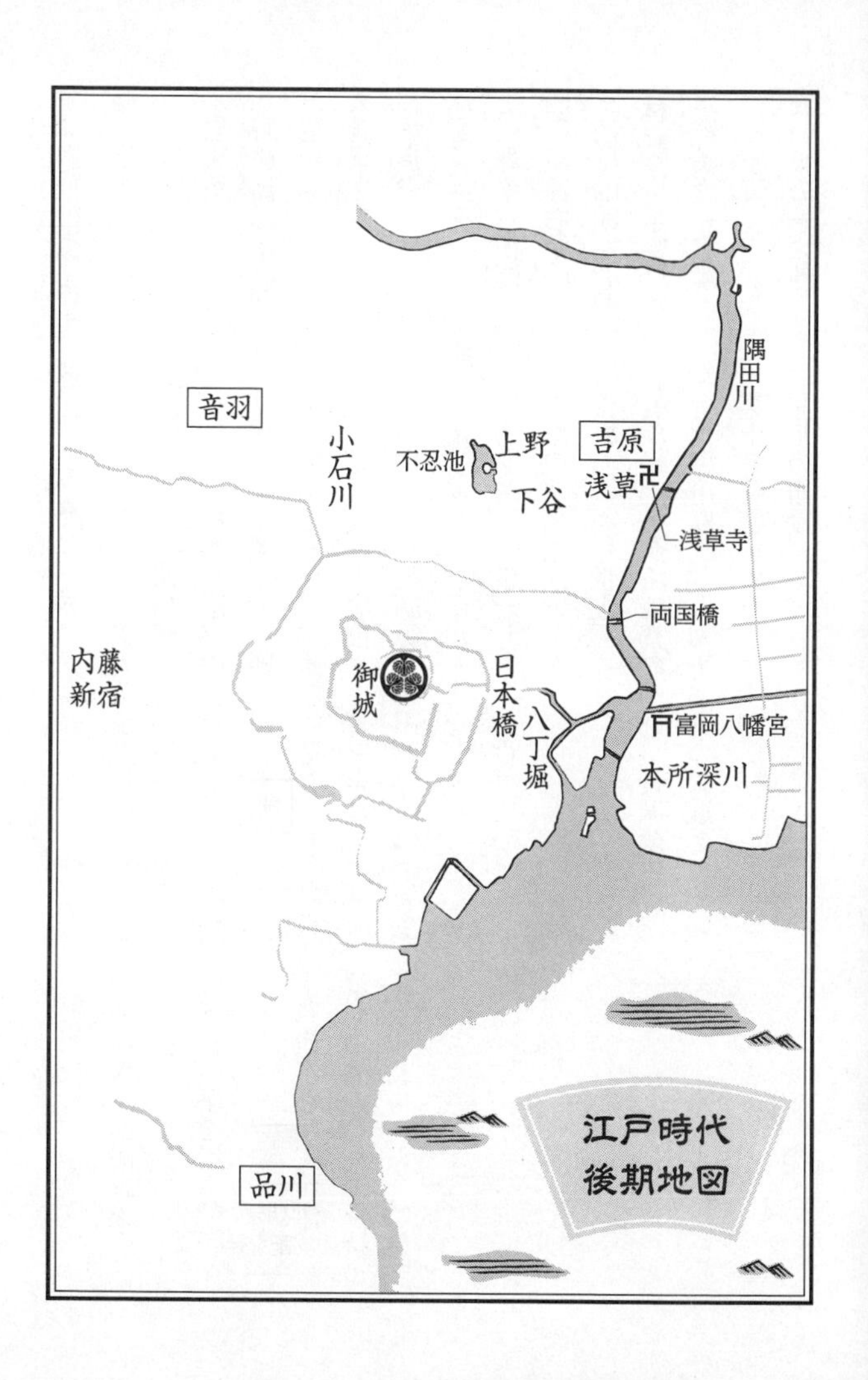
江戸時代
後期地図
音羽
小石川
不忍池
上野
下谷
吉原
浅草
浅草寺
隅田川
両国橋
内藤新宿
御城
日本橋
八丁堀
富岡八幡宮
本所深川
品川

▼『蛮社始末』の主な登場人物▲

榊扇太郎（さかきせんたろう）　先祖代々の貧乏御家人。小人目付より鳥居耀蔵の引きで闕所物奉行に昇進。独身、深川安宅町の屋敷にて業務をおこなう。

鳥居耀蔵（とりいようぞう）　目付。老中水野忠邦の側近で、洋学を嫌い、町奉行の座を狙う。

水野越前守忠邦（みずのえちぜんのかみただくに）　浜松藩主。老中で、勝手掛を兼ねる。

朱鷺（とき）　音羽桜木町遊郭、尾張屋の遊女。もとは百八十石旗本の娘、伊津。

天満屋孝吉（てんまやこうきち）　浅草寺門前町の顔役。古着屋を営む。闕所で競売物品の入札権を持つ。

稲垣良栄（いながきよしえ）　榊扇太郎の剣術師範。庄田新陰流の道場主。

水屋藤兵衛（みずやとうべえ）　船宿水屋の主。深川一帯をしきる。

上総屋幸右衛門（かずさやこうえもん）　神田明神下一帯をしきる顔役。

西田屋甚右衛門（にしだやじんえもん）　吉原の惣名主。

三浦屋四朗左衛門（みうらやしろうざえもん）　吉原一の名見世主。

林肥後守忠英（はやしひごのかみただふさ）　若年寄。大御所家斉の側近。貝淵藩主。

水野美濃守忠篤（みずのみののかみただあつ）　御側御用取次。大御所家斉の側近。

徳川家斉（とくがわいえなり）　第十一代徳川将軍。現大御所。

狂い犬の一太郎（くるいいぬのいちたろう）　品川の顔役。

第一章　闕所の恨み

一

「山形屋幸兵衛（こうべえ）、八丈島への遠島を命じる。また、私財いっさいの闕所（けっしょ）も申しつくるものなり」

南町奉行筒井和泉守政憲（つついいずみのかみまさのり）が、罪を言いわたした。

町奉行の役宅から、罪を犯した町人は小伝馬町（こでんまちょう）の牢獄へと戻され、遠島を待つ者だけの中牢に入れられた。こうして、罪人は、財産のすべてを失い、江戸から遠い八丈島へと流されていくこととなった。

「闕所物奉行（けっしょものぶぎょう）榊扇太郎（さかきせんたろう）である。持ち出せるものは当座の着替えと日ごろ使用している食器だけ。それ以上のものは許されぬ」

町奉行所から連絡を受けた扇太郎は、闕所となる町屋を訪れた。さして大きくはない家屋には、罪人の家族が肩を寄せ合って震えていた。

「これより、当家屋は、闕所物奉行の管轄となる。ただちに仕度をして立ち去るように」

闕所物奉行所手代が、家族へと告げた。

「あの……夫は……」

くたびれた中年の女がすがるようにして訊いた。

「知ってのとおり、遠島となった。品川で風待ちをしている船の準備ができ次第、江戸を離れることとなる。小伝馬町を出て船待ちへ移ったとき、半刻（約一時間）ほどの面会が許される。少しばかりの金子と米を渡すことも認められておるゆえ、準備をしておくがいい」

扇太郎に代わって、慣れた手代が言った。

「米とお金など、わたくしどもが明日食べていけるかどうかもわかりませぬのに、用意などできますものか」

中年の女が、恨むように扇太郎を見た。

「罰じゃ、しかたあるまい。できぬならそれでよい。ただ、島での暮らしはきついという。最初に食いものを用意しておかぬと、来年まで保たぬぞ」

諭すように手代が語った。

遠島となった囚人は、八丈島で村長(むらおさ)へ引き渡され、そこで住むところなどを振り分けられた。大工や左官など腕に職をもつ者は、島でも重宝され、衣食住の不足を感じることはなくなる。が、なにもない者には、きびしかった。耕作には向かない土地を貸し与えられればまだいいほうで、多くは島民の使い走りなどをしてその日その日の糧(かて)を恵んでもらうしかなかった。

「ううう」

ついに女は泣きだした。

「おい、大潟(おおがた)」

扇太郎は目で命じた。

「泣いてもどうにもならぬ。そなたの夫は、他人の財を騙(だま)して奪ったのだ。奪われた者のなかには、娘を売った家もある。泣きたいのは、おまえだけではないのだぞ。さあ、さっさと出ていくがいい。これ以上御用の邪魔をするようならば、町奉行所にそなたも引き渡すことになる」

やさしい声で語りかけながら、大潟は脅していた。

「……人でなし」

女が扇太郎へ罵声(ばせい)を浴びせた。

「これっ」

大潟が咎めた。

「聞こえなかったぞ」

扇太郎は大声を出した。

さすがに上役人を罵ったとなれば、そのままで済ますわけにはいかなかった。扇太郎は聞こえなかったとして、見すごすようにと言ったのであった。

「放り出せ」

いつまでも相手をしていては御用が進まないと、大潟が小者に命じた。

「ちくしょう、ちくしょう」

まだ喚いていた女だったが、小者によって家の外へと連れ出されていった。

「闕所となった屋敷に最後まで残っているのは珍しいな」

扇太郎は大潟に話しかけた。

「普通は、罪が確定した段階で、引っ越すか親戚筋へ引き取られていくのでございますが、このたびは同じ町内でことを起こしたので、どこも引き受けてくれなかったようで」

大潟が説明した。

百万と号する人を抱える江戸の治安がよい理由は、町内という区切りに頼るところが大であった。一つの町内は、町役人のもとで統轄され、どこに誰が住んでいるかなどを確実に把握していた。ものの売り買いもほとんど町内ですべて終わり、支払いも節季払いが通常である。いわば町内は一つの家であった。誰もが顔見知りであり、夜寝るとき門をかけることがないほど信頼し合っていた。それだけに町内の者を喰いものにすることに対しては、非常にきびしい仕打ちが待っていた。

「自業自得か」

小さく扇太郎は嘆息した。

「それに、あの女の兄は知れた地回りでございまして。ごねればどうかなると考えていたのではないかと」

「地回りか。たちの悪い。そんなもの、御上の前でなんの役にも立たぬというに」

「よろしゅうございますか」

家のなかの什器を見積もっていた天満屋孝吉が扇太郎へ声をかけた。

「ああ。どうだ」

「ろくなものはございませんなあ。まあ、騙し取った金を全部博打につぎこむような奴でございますから、家に金目のものがあれば、さっさと売り払っておりましょうし。よほど競売で値がついたとしても、このていどで」

天満屋孝吉が懐算盤を扇太郎へ見せた。

「おい、冗談だろう。一日出張ってこれでは、日当どころか酒手にもなりゃあしねえ」

扇太郎は文句を言った。

「と言われても、どうしようもございませぬ。聞けば土地は借りもの、家もこの古さでは、そちらもまず期待はできませぬ」

天井や壁を見まわしながら天満屋孝吉が告げた。

「この家じゃ、無理ないか」

しぶしぶ扇太郎は認めた。

「まあしかたないか。あとは、頼んだぜ。おい、戻ろう」

扇太郎は手代たちを促した。

「病人の布団まで引きはがせというのが、御上の命とはいえ、後生のいい役目じゃねえなあ」

表に出た扇太郎は、夏の日差しに眉をひそめながら呟いた。

闕所物奉行は大目付の支配で、持ち高勤め、数人の手代を配下に持ち、闕所にかかわるいっさいを任とした。闕所とは財物を接収することである。付加刑として重罪のおりに申し渡された。

　闕所にも制限があった。

　磔、火罪、獄門、死罪、重追放に対して田畑、家屋敷、家財、債権のすべてを、中追放は田畑、家屋敷、軽追放では田畑を収公する。詐欺や債務不履行など金に起因する罪で江戸十里四方追放、所払となった場合は、田畑、家屋敷のみ闕所された。当然再犯となれば、よりきびしくなった。

　闕所物奉行は、これらの財産を収公し、管理、査定、競売にかけ、物品の引き渡しから代金の徴収までを担当した。闕所物奉行に渡された金は勘定方へ納められ、江戸市中の道路などを補修する臨時の費用として使用された。

「暑いな」

　深川安宅町の屋敷へ戻った扇太郎が汗を拭った。

「そろそろ五月でございますから」

　留守番をしていた若い手代が、団扇で扇ぎながら答えた。

「いかがでございました」

　若い手代が訊いた。

「だめだ。金目のものは何一つないそうだ」

扇太郎は首を振った。

「それは残念な」

あからさまな落胆を手代が見せた。

町奉行所同心上席と同格でしかない闕所物奉行は、幕臣のなかでも最下層になる。その割りになりたがる輩が多いのは余得が結構あったからであった。

闕所となった物品の売り上げ、そのいくらかを上納という名前で手にすることができた。

上納金を受け取った闕所物奉行は、半分を吾がものとした残りを手代たちに分配した。二十俵二人扶持、これ以下はないという薄禄の手代たちが、それなりの生活を維持できているのは、この分配金のお陰であった。

「嫁をもらうので、入り用がございましたのに」

若い手代が嘆息した。

「儂は母の薬代が」

大潟も肩を落とした。

「あきらめろ。次は少しいいのをもらえるようにする」

扇太郎がなぐさめた。

闕所物奉行は、扇太郎と土屋源五郎の二人がいた。交代で闕所を受け持ったが、やはり先任に有利であった。近い時期に闕所が出ると、裕福そうなほうを土屋が持っていくのだ。

「お願いいたしまする」

手代たちがそろって頭を下げた。

「しかし……」

扇太郎は闕所物奉行の役宅に供した玄関脇の客間へ腰を下ろした。

「罪人から取りあげた金を御上が持っていくというのはどうかの。被害を受けた者へ返してやるのが筋だと思うが……」

「それは罪をつぐなうべき本人あるいは家族でなすことでございまする」

自席へ座った大潟が返事をした。

「御上がなさるのは、秩序を維持するだけ。被害は個人で補うのが決まりでございまする。刑罰は見せしめ、闕所も同様で」

「ふうむ」

「それに闕所で得た金を被害を受けた者へ分配するとして、どのように分けまするか。金が十分にあれば、申し立てしたとおり返してやれましょうが、足りなければ騒動のもとでございますぞ。あちらが多い、こちらが少ないと騒ぐに決まっておりまする。おしなべて一律に、誰からも不満が出ないようにできぬのならば、最初からあてにさせぬべきでござる」

若い扇太郎を諭すように大潟が語った。

「そういうものか」

扇太郎は話を終わらせた。

「書付はいつあがる」

「天満屋から競売の結果が来次第始められるようにいたしておりますれば」

大潟が答えた。

「頼むぞ。金にならぬ仕事でこれ以上汗を掻くのは勘弁だ」

「はい」

手代たちがうなずいた。

闕所物奉行は専用の役宅を与えられない。自らの屋敷の一間を役所の用に使った。職住近接どころの話ではなかった。

「用がなければ帰っていいぞ」

「よろしいのでございまするか」

喜びの顔で手代たちが確認した。皆俸禄の不足を補うために内職をしているのだ。字のきれいな者は写本、手先の器用な者は細工物の製作などを請け負っていた。少しでも暇ができることは、ありがたいことであった。

「では、表門だけ閉めておいてくれ。潜り門は、あとで吾がやる」

扇太郎は立ちあがった。

「朱鷺、桶に水を入れてくれ」

役所を手代たちに任せて、奥へ入った扇太郎は台所へ声をかけた。

「……はい」

しばらくして女の返事が聞こえた。

「よいしょ」

ふんどし一つになった扇太郎は、中庭へ大きな盥を持ち出した。

「お水を」

桶一杯の井戸水を朱鷺が抱えてきた。

「肩からかけてくれ」

「………」

無言で首肯した朱鷺が、扇太郎に水をかけた。

「おうっ」

すでに季節は夏とはいえ、まだ井戸水は冷たい。扇太郎は思わず声を出した。

数回それを繰り返したところで、扇太郎は濡らした手ぬぐいで身体を洗い始めた。

「風がねえな」

扇太郎は、庭を見まわした。

「手入れをしていないから」

朱鷺が淡々と言った。

榊家の庭は、荒れ放題であった。三代続いて小普請入りした榊家に、庭の手入れをするだけの余裕はなかった。

「庭師を入れるか」

小人目付、闕所物奉行と職を得た扇太郎だったが、一人暮らしのころは庭まで気が回らず、放置したままであった。

「天満屋に頼めば誰か紹介してくれるだろう」

扇太郎は、水で顔を洗った。

「あとで、おまえも浴びるといい」

盥のなかの水を捨てて、扇太郎が言った。

「はい」

短く朱鷺が応えた。

行水で少し涼しくなったところで、風通しの悪い屋敷ではすぐに汗を掻く。扇太郎は着物の前を大きくはだけて、縁側へ腰を下ろした。

「つかわせていただきます」

しばらくして朱鷺が、浴衣を羽織ったまま行水をしに来た。

「ああ」

扇太郎はうなずいた。

盥へ十分水を張った朱鷺が、肩から滑らせるように浴衣を落とした。

「…………」

抜けるように白い背中に扇太郎は見とれた。

禁止されているとはいえ、湯屋の女湯へ男が入ることは珍しくない。また、湯屋によっては二階に小窓を作って、女湯を覗けるようにしたところもある。道端で子供に乳をやっている母の姿も多い。武家か、よほどの商家でもないかぎり、女は全裸を晒すことをそれほど気にしていなかった。

朱鷺は武家の出であったが、音羽桜木町の岡場所の遊女に売られた経緯があり、裸身を扇太郎へ見せるのをまったく苦にしていなかった。

朱鷺が首筋を洗うため、右手を挙げた。

「うっ」

ちらりと見えた豊かな胸乳に赤い筋が残っていた。遊女屋尾張屋闕所のさい人質となった朱鷺を救うため、扇太郎が戦ったときについたものだった。

臥所をともにするときも見てはいたが、白日の下ではっきりと目にしたのは初めてであった。

「もう少し動けていれば……」

扇太郎の悔いの象徴であった。小人目付、闕所物奉行と、大番組番士の筋であった榊家として不足な役ばかり与えられ、不満だった扇太郎は剣の修行を長く怠っていた。その報いの証でもあった。

「…………」

扇太郎の目に気づいたのか、さりげなく朱鷺が乳を隠した。

「少し眠る」

気まずくなった扇太郎は、座敷の中央で転がった。

二

　翌朝、扇太郎は役所に顔だけ見せて、すぐ道場へと向かった。

　扇太郎が修行したのは庄田新陰流稲垣道場であった。庄田新陰流の祖は庄田喜兵衛といい、柳生但馬守宗矩の家臣であった。喜左衛門とも称した庄田喜兵衛は、主君柳生宗矩から新陰流を学び、一流を立てることを許されたほどの名手であった。

　身分が陪臣とあまり高くなかったこともあり、庄田流には小旗本、御家人、諸藩の藩士たちが集まり、一時はたいそうな賑わいを見せた。しかし、乱世が終わって武士の役目が武から文へと移ると、剣術の需要は減り、庄田流も衰退していった。

　扇太郎の師稲垣良栄の道場も、弟子が十数人ほどしかいない貧乏道場であった。

「珍しいの」

　道場へ顔を出した扇太郎を見た稲垣良栄が、驚いた。

「はあ」

　役目に就いてから稽古をあまりしなくなった扇太郎は、師の言葉に赤面した。

「まあいい。一手教えてもらえ」

稲垣良栄が、すでに稽古を始めていた若い侍へ、声をかけた。

「矢田（やだ）、榊の相手をしてやれ」

「はっ」

一人型を繰り返していた矢田が、近づいてきた。

「初めてであったかの。こいつが榊扇太郎じゃ」

「お噂（うわさ）はかねがね。水戸藩士矢田源太郎（げんたろう）でございまする」

ていねいに矢田が挨拶をした。

「これはいたみいる。幕臣榊扇太郎でござる」

扇太郎も名のった。

「国元でかなり新陰流を学んで来ておる。矢田は強いぞ」

言いながら稲垣良栄が、道場上座へと移った。

「始め」

稲垣良栄が合図をした。

「おう」

「よしなに」

気負う扇太郎に対し、矢田源太郎は落ちついていた。

三間（約五・四メートル）の間合いで二人は対峙した。

新陰流は蟇皮竹刀を稽古に用いていた。馬の裏革をよくなめしたものを長細い袋状にし、割竹を入れただけのもので、見た目が蟇蛙の皮に似ていることからこう呼ばれた。

当たったところでさしたる怪我をしないことから実戦での間合いを学ぶのによく、軟弱として忌避する流派の多いなか、新陰流では早くから取り入れていた。

「おうりゃあ」

「やあ」

新陰流は切っ先の固まりを嫌がった。じっと相手の喉元などへ切っ先を擬していると、身体の筋が固定され、出先が鈍る。新陰流では、気合い声とともに剣をわずかに上下させたり、足を前後させたりした。

「えいっ」

最初に扇太郎が踏みこんだ。

徐々に間合いを詰め、二間（約三・六メートル）となったところで、扇太郎は大きく踏みこんだ。

「おうよ」

矢田が踏みこみながら右へとかわした。

「ぬええい」

落ちた竹刀を臍（へそ）のあたりで横薙（な）ぎへと変えた扇太郎に、矢田は応じず間合いを取った。

「焦りすぎじゃ」

稲垣良栄が、苦い顔をした。

「龍尾（りゅうび）の跳（は）ねになっておらぬ」

扇太郎が使ったのは、新陰流奥義の一つ、龍尾であった。真っ向から落とした上段を、かわされたと知った瞬間、太刀（たち）の勢いを変え、斜めへ斬りあげる。勢いをはらんだ一撃を止めるだけでも困難なものを、さらに上へと勢いを増さなければならない。生半可な腕では遣うこともできない必殺の太刀であった。

「肩に力が入りすぎておる。あれでは、上段の太刀に十分な勢いを与えられぬ」

愛弟子（まなでし）の様子に稲垣良栄が、嘆息した。

「やれやれ、表に出やすい奴よな。またぞろなにか気になることがあると見える」

稲垣良栄が、矢田へ呼びかけた。

「遠慮いたすな、源太郎」

言われた矢田の構えが変わった。

「うっ」

ふたたび攻勢に出ようとした扇太郎は足を止めた。

喉元へ向けられた矢田の切っ先が、扇太郎には、槍のように見えた。

「りゃりゃりゃ」

一瞬の固定の後、矢田が突いてきた。

「ちい」

左右へ払って止めようとした扇太郎の竹刀を押しのけるようにして、矢田の一撃がとおった。

「ぐっ」

喉を突かれた扇太郎が、後ろへ吹き飛ばされた。

「ぐうう」

道場の羽目板で背中を打った扇太郎がうめいた。

「それまで」

試合の終了を稲垣良栄が宣した。

「大事ございませぬか」

残心の構えを解いた矢田が、扇太郎に近づいて気づかった。

「だ、大事ご、ござらぬ」

喉を突かれるとしばらく声を出すのも不自由となる。

なんとか応えた扇太郎は、そのまま道場の床へ崩れて、荒く息をついた。

「ご苦労だった。矢田は、稽古に戻ってよいぞ。榊の面倒は、儂が見る」

稲垣良栄が、矢田をねぎらった。

「では、ごめんを」

一礼した矢田が、竹刀を木剣に持ちかえて、ふたたび型の繰り返しを始めた。

「咄嗟(とっさ)に後ろへ跳んだか」

かろうじて息をしている扇太郎へ、稲垣良栄が言った。

「間に合いませなんだ」

ようやく扇太郎は息を整えた。

「今のおぬしにしては、上出来よ。矢田の突きをまともに受ければ、三日は飯も喰えぬし、声も出ぬ。それをしゃべれるていどで抑えた。だが、稽古に夢中であったころならば、喰らうことなどなかった。いや、最初の龍尾で決めていたはずだ。遅れたとはいえ、逃げられたというのは、身体が鈍(なま)っていない証拠だ。だが、心がついていかなかった。いや、気づくのが遅れた。そうだな」

稲垣良栄がきびしく断じた。

「はい」

　起きあがって扇太郎は膝をそろえた。

「なにを思い悩んでおる。またぞろ人でも斬ったか」

「いいえ」

　扇太郎は首を振りながら思案した。

「人を斬ったことがおありか」

　離れて稽古していた矢田が、話に驚愕（きょうがく）した。

「聞いていたか」

　身を乗りだしてくる矢田へ、稲垣良栄が苦笑した。

「是非、お話をうかがいたい」

　矢田が願った。

「師よ」

　扇太郎は、稲垣良栄へ助けを求めた。

「こうなってはどうしようもない。今日はごまかせても、このあとずっとというわけにはいくまい。なにより、変に隠すことで、より興味を持ってしまうことが怖い。儂の目の届かぬところで、妙なことをされてはかなわぬ」

稲垣良栄が話せと言った。

「お願いいたしまする」

矢田が膝を突いて頼んだ。

「役目にかかわるゆえ詳細は語れぬが……」

扇太郎は、岡場所で自暴自棄となった男衆を斬ったときのことを語った。吉原の忘八と戦った話は隠した。

「どのような感触でございましょう」

斬ったときの感想を矢田が求めた。

「なにも感じぬというのが本音でござる。もう無我夢中で斬ってから、ああ、と気づいたようなものであった」

扇太郎は正直に告げた。

「初めてはそのようなものでございましょうか」

「他の御仁から聞いたことがないゆえ、同意はできぬが」

「それはそうだ。他人のことはわからぬ。何十年連れ添った妻でも、腹のなかでなにを考えておるかなど、わかりもしない。親子兄弟主従といえども同じ。説明されてもそれが真実かどうか……結局は、己で経験せねばわからぬ」

興味津々な矢田へ、稲垣良栄が述べた。

「だがな。人を斬る、これだけは終生経験せぬがよいのだ。剣術は人殺しの技よ。どうやって相手を倒し、己は無事ですませるか。それを長年かけて研ぎ澄ましていったのが剣術である。その人殺しのやり方を教えておきながら、このようなことを申すのは矛盾しておるとわかってはいる。だが、言わねばならぬ。人が人を斬る。他人の命を奪う。これはとてつもなく重いことなのだ。斬られた者が命を失う。これも大きいが、そやつと縁を結んでいる者たちの悲哀もきつい。たとえどれだけ正当な理由があろうとも、斬られた者の縁者は納得せぬ。かならず斬った者を恨む。恨みの先にあるものは、破壊でしかない。恨みを作ってはならぬ。矢田、人を斬れば剣の腕があがるなどと思ってはならぬ。榊など、斬る前のほうがはるかに腕が立った」

稲垣良栄が大きく息をついた。

「なぜでございましょう。剣術の稽古は真剣を振るうためのもの。ならば、真剣で戦った経験が役立ってなければならぬのでは」

矢田が質問した。

「迷うからよ」

黙りこんだ扇太郎を稲垣良栄が見た。

「斬ったことが正しかったのか、人を斬ってまで生きのびる資格が己にあるのか。など、いろいろと悩む。心を映す鏡が身体なのだ。迷いは筋の動きを鈍らせる。それを乗りこえないかぎり、人を斬ることは腕を鈍らせるだけじゃ」

「はあ」

よくわからないのか矢田が生返事をした。

「よいか、矢田。人を斬るより百の素振り、千の稽古なのだ。真剣を振るうことが腕をあげる特効薬だと思ってはならぬ」

「…………」

師の言葉に矢田は無言であった。

「扇太郎、ついて参れ」

稲垣良栄が、扇太郎を促して奥へと向かった。

「ごめん」

矢田に軽く一礼して、扇太郎も続いた。

道場の続きに稲垣良栄の居室があった。

「湯が欲しければ、勝手に飲め」

独り者の稲垣良栄は、家事いっさいを己でおこなっていた。

「ありがとうございまする」

無造作に置かれている湯呑みの一つを取った扇太郎は、湯冷ましが入っている薬缶（やかん）を持ちあげた。

「出汁（だし）にしてすまなかったな」

稲垣良栄が詫（わ）びた。

「矢田どのになにか」

扇太郎は師の意図に気づいていた。

「少し伸び悩んでいてな。ここ数年技が研がれぬようだ」

「かなりの遣い手でございましょうに」

「水戸の新陰流道場では四天王とか、竜虎（りゅうこ）とか言われていたらしい。何年も道場で師範代に次ぐ位置にいたらしいのだが、去年、格下の弟弟子に稽古試合で負けてから、ずっと調子を狂わせていたらしい。江戸勤務となったのを機会に、もう一度学びなおしたいと儂のもとへ来た」

矢田のことを稲垣良栄が教えた。

「失礼なことを申しあげまするが、なぜ、先生のもとだったのでございましょう。江戸には新陰流の総本山柳生道場がございますのに」

「はっきり言いおるの」

稲垣良栄が苦笑した。

「柳生道場は将軍家お手直し役でもある柳生宗家の道場じゃ。弟子もそれ相応の者ばかりよ。大名か旗本か。もちろん諸藩の侍も受け入れてはおるが、どうしても遠慮せねばならぬ。道場主である柳生宗家の稽古を受けたくとも、陪臣の身分では旗本に譲らねばなるまい。高弟たちとの稽古でも、後回しにされる。結局、諸藩の侍は、陪臣同士で稽古するしかなくなる。これでは、江戸へ出て来た意味合いが薄い。対して、儂の道場では、いつでも道場主と稽古ができる。腕が上の者とせぬと剣は上達せぬ」

「なるほど」

矢田の不満を扇太郎は理解できた。

幕臣とはいえ、お目見えのできぬ御家人にすぎない扇太郎は、鳥居耀蔵ら旗本へ一目を置いて、少し下がった位置にいなければならない。

「見てのとおり筋はいい。田舎の道場ならば師範代となってもおかしくはない。そこで満足すればいいものを、あやつはそれ以上を望んでおる。知ってのとおり、水戸藩はちと特殊な成り立ちをしておる。藩士の多くが旗本の次男三男を祖に持っておる。しかし、国元で採用された佐竹や上杉の遺臣たちもおる。両者の間には結構な溝があるらしい。旗本出身の藩士が、国元採用の連中を下に見る。そのていどのことなのだがな。で、あの矢田の先祖は上杉の家臣だったそうでな」

「なるほど。出自の差を剣の腕で旗本の出たる者たちを黙らせていたわけでございますな」

小さく扇太郎は手を打った。

戦をすることがなくなって久しいが、侍の表芸は武である。実際は文を学んだほうが出世の機会にも恵まれるとはいえ、剣術の腕には皆一応の敬意を表した。

「うむ。その矢田が負けた。しかも相手は旗本出の者だったそうだ。あとは言わずともわかろう」

「はい」

扇太郎は首肯した。

今まで格下に見ていた者へ一定の気遣いを求められていた旗本組たちが、その鬱憤を晴らしたことは容易に予想できた。

「どうしても勝たねばならぬ。その意気ごみが、かえって修行の妨げとなることは多い。矢田はまだ若い。上へあがるためには一度膝を曲げねばならぬと気づかず、ずっと背伸びを続けておった」

「伸びませぬな、それでは」

「ああ。剣を学ぶ者が陥りやすい穴よ。穴に落ちたものは上しか見えぬ。なんとか這い出そうと上へ上へと手を伸ばす。それでは出ることもできぬ。周りの土を削って階段を作ればすむことなのに。見る範囲が狭くなってしまっているのだ」

「………」

矢田のことを言いながら、稲垣良栄は、己へ話をしているのだと、扇太郎が気づいた。

「そこへ陥った剣術遣いがなにを考えるか、わかるか……竹刀稽古では負けても、真剣勝負となれば己が勝つ。根拠さえない自信にすがるのだ。真剣勝負とはなんだ。斬ることよ。つまり、人を斬れば腕があがると思いこむのだ」

「矢田どのは、そこへ……」

「はまりかかっていた。そうだの。あと三月も放っておけば、辻斬りくらいはやってのけたであろう」

あっさりと稲垣良栄が言った。

「だが、弟子となった者にそんなまねをさせるわけにはいかぬ。かといって儂が矢田を見張ることもできぬ。そこへ、おぬしが来た。見れば、またぞろ悩んでるようだ。本来の腕から行けば、矢田はまだまだ扇太郎、おぬしに敵わぬ。だが、心を剣以外のものへ囚われている今ならば、初年の者にでも負ける」

「それで勝負をさせたと」

「人を斬っても強くなれぬと目の当たりにしたのだ。なにより、命を奪った重みを矢田は見せつけられた。矢田の憑きものも落ちたであろう。助かったぞ、扇太郎」

稲垣良栄が頭を下げた。

「で、おぬしの迷いはなんだ」

あらためて稲垣良栄が問うた。

「人を斬ってまで護ろうとしたものをかえって傷つけてしまって……」

「たわけか、おぬしは」

言い始めた扇太郎をさえぎって稲垣良栄が怒鳴った。

「それとも神か。すべてを護れるというのか」

「そのようなことは……」

扇太郎は首を振った。

「おぬしの考えは、そうであろう。人の手は二本しかない。いいか、これは一度に抱えられるものが二つまでということなのだ。それ以上をと欲を出せば、かならず一つこぼれ落ちる。これはな、人の身ではこえられぬ摂理」

「一人の力など知れておる。多勢に無勢は真理よ」

「お言葉ではございまするが、宮本武蔵どのは、吉岡道場の十数人に囲まれたにもかかわらず、勝利されておりまする」

納得がいかないと扇太郎が首を振った。

「ふうう」

稲垣良栄が大きくため息をついた。

「もう一度道場へ来よ」

先に立って稲垣良栄が、道場へと戻った。

「一同、稽古をやめ、集まってくれるように」

稲垣良栄が、声を張りあげた。

「今から、儂が演武を見せる。ついては、矢田、上崎（こうざき）、西山、山浦。竹刀を持って儂の周りを囲め。多人数を相手にしたときの戦いを見せる」

道場の中央に稲垣良栄が立った。

「同時にかかってくるがいい」

稲垣良栄が、命じた。

「摂理……」

「はっ」

「ごめんを」

口々に弟子たちが応じた。

「よし、参れ」

「おう」

「やあぁ」

最初に動いたのは、左右前方にいた上崎と西山であった。

「…………」

背後の二人は無言で間合いを詰めた。

「りゃあぁ」

右前から西山が斬りかかった。続いて左前から上崎が竹刀を振り落とした。

「えいやあ」

後方左から山浦が襲った。間を置かず矢田も出た。

それぞれ道場でも名の知れた上手ばかりである。

「あっ」

壁際で見ていた若い弟子が声を漏らしたほど、四人の切っ先は鋭かった。

「えいいいい」

稲垣良栄がすさまじい気合いをあげて動いた。

大きく踏みこんだ稲垣良栄は西山の膝を水平に薙いだ後、竹刀を跳ねあげて上崎の太股(ふともも)を撃った。

「ぎゃっ」

「あつっ」

臑(すね)を打たれた西山が悲鳴をあげ、股を叩(たた)かれた上崎が転んだ。

「やあ」

稲垣良栄が動いたことで間合いがたりなくなった山浦と矢田がもう一歩足を出したとき、稲垣良栄はすでに振り向いていた。

「えっ」

背中を追うつもりだった山浦が、一瞬戸惑(とまど)った。

稲垣良栄は、その隙を見逃さなかった。低い姿勢で近づき、肩で山浦の腹へ体当たりした。

「ぐわっ」

山浦が吹き飛んだ。

「しゃああ」

背を向けた稲垣良栄へ矢田が竹刀を叩きつけた。

「…………」

山浦へ竹刀を使っていなかった稲垣良栄は、身体を回して切っ先を矢田へと送った。

「なんの」

振り出された竹刀を矢田が受けた。

乾いた音がして竹刀と竹刀がぶつかった。

「おうよ」

回った勢いのまま、稲垣良栄が押した。

「ううむ」

はね返そうとした矢田がうなった。

「…………」

稲垣良栄がさらに押した。

「くっ」

支えきれなくなった矢田が、竹刀を放り出して後ろへ下がった。

「参った」

矢田が膝を突いた。

「うむ」

弟子の行動に稲垣良栄が首肯した。

「わかったか」

竹刀を手に持ったまま、稲垣良栄が問うた。

「遅速でございまするか」

「そうだ。何人に囲まれようとも、いかに息を合わそうとも、遅速は生まれる。太刀行きに早い遅いがあるからな。となれば相手をするのは、絶えず一人と同じなのだ。もっとも早い者、次に早い者、三番目、四番目と冷静に対処していけば、一対一でことは終わる、ただしこれも己の力が尽きるまで。数十人相手になれば儂も保たぬ」

「なるほど」

手を打ったのは矢田であった。

「わかったか」

満足そうに矢田へうなずいて見せた稲垣良栄が、扇太郎へと問うた。

「…………」

扇太郎は答えられなかった。師の教えは扇太郎の望んでいたものではなかった。

「まあよいわ」

稲垣良栄が、竹刀を下げた。

「しばらく悩むがいい。ただな、迷うときは動け。なにもしなかったときの、後悔はきついぞ。ことはなしてこそ、意味がある。心の欲求を抑えるな」

「はっ」

師の言葉に、扇太郎は首肯した。

三

稽古でへとへとになるまで疲れた扇太郎を屋敷で天満屋孝吉が待っていた。

「ご精が出ますな」

「待たせたか」

「少しばかり」

扇太郎の問いに、天満屋孝吉がうなずいた。

「それはすまなかったな」

不意の来訪なのだ。詫びの気持ちなどこめないで、扇太郎は言った。

「来るとわかっていれば、屋敷にいたのだが」

「お気になさらず。報せもせずに参ったのは、わたくしでございますゆえ」

天満屋孝吉が苦笑した。

「で、どうかしたのか」

かつては用がなくとも顔を出していた天満屋孝吉は、ここ最近呼びでもしないかぎり屋敷へ来なくなっていた。天満屋孝吉にとって、朱鷺とのあいだに不穏な噂がたつことを怖れてのことだと、扇太郎は見抜いていた。天満屋孝吉にとって、朱鷺は扇太郎を縛りつける鎖なのだ。朱鷺と一線をこえることは、扇太郎へつけた鎖を外すことになる。劣情で百両という値のついた朱鷺を無駄に使い捨てるほど、天満屋孝吉は愚かではなかった。

「近いうちに浅草の近江屋へ、町奉行の手が入るとか」

天満屋孝吉が話し始めた。

「浅草の近江屋……あの小間物問屋のか」

扇太郎は驚いた。

小間物などに興味のない扇太郎でさえ、名前を知っているほど近江屋は有名であった。江戸だけでなく上方の意匠も用いた櫛や笄、簪などは、江戸中の女を夢中にさせたといっても過言ではなかった。

「近江屋が罪に問われるなど……」

「贅沢禁止でございますよ」

吐きすてるように天満屋孝吉が言った。

幕府は破綻した財政を建てなおすために倹約すると決めた。ならば幕府だけで、せめて武家だけがすればいいものを、庶民にも強制した。

「庶民が贅沢するなど許されぬ」

かつて田沼主殿頭意次の乱政をただした松平越中守定信も倹約令を出したが、庶民に対してはあまりきびしく対処をしなかった。

対してこの度諸事倹約の令を発した老中水野越前守忠邦は、容赦なかった。庶民が絹物をまとうことを禁じ、櫛笄なども華美なものは身につけるどころか、販売さえも違法とした。

他にも婚礼以外での宴会を禁止したりと、重箱の隅を楊子でほじくるような細かいところまで規定した。

「締めつけすぎると、かえって反発を喰らうというに」

扇太郎もあきれた。

八十俵の貧乏御家人である。武家より庶民に近い。わずかな楽しみまで取りあげ、不満のはけ口を奪うと、人はいつか爆発する。庶民と馬鹿にしていても、数では武家を圧倒している。いや、金ならば、すでに庶民が武家を凌駕している。

参勤交代で大坂を通る西国の大名などは、豪商鴻池善右衛門の前では、駕籠を降りて頭を下げるというのだ。いつの世も金を持っている者が強い。

「まだ保ちましょう。庶民が幕府に表立って盾突くことはありませぬから」

天満屋孝吉が首を振った。

「で、用件は近江屋の闕所を任せろといいたいのだな」

「さすが、話が早い」

下卑た笑いを天満屋孝吉が浮かべた。

「無理だぞ。土屋が黙っておるまい」

「そこをなんとかお願いいたしたいので。この間のがあまりに酷すぎました」

天満屋孝吉が上目遣いに扇太郎を見た。

「鳥居さまに頼めと」

「…………」

黙って天満屋孝吉が首肯した。

「…………」

扇太郎は瞑目した。

居間に沈黙が落ちた。

「……言うだけだぞ」

最初に折れたのは扇太郎であった。闕所物奉行をやっていくには、競売を差配する天満屋孝吉の手助けが必須であった。

「ありがとうございまする」

仰々しく天満屋孝吉が頭を下げた。


天満屋孝吉を送りだしたあと、扇太郎は濡れた手ぬぐいで身を清めると、ふたたび屋敷を出た。

「鳥居さまのお屋敷へ行ってくる。遅くはならぬと思うが、戸締まりをな」

「……はい」

小さく朱鷺が首肯した。

深川安宅町から鳥居耀蔵の屋敷がある下谷新鳥見町までは、かなりあった。扇太郎が鳥居耀蔵の屋敷に着いたとき、すでに日はとっぷりと暮れていた。

「これは榊さま」

さいわい門番をしていたのは顔見知りの中間幸造であった。

「お目付さまは」

「まだお戻りではございませぬ」

幸造が首を振った。

「お忙しいのだな」

「昨今とみにご帰宅が遅くなられておられまする」

心配そうな口調で幸造が言った。酷薄と言われている鳥居耀蔵だが、家臣たちにはよき主君であると、言葉に含まれている気遣いから扇太郎は感じた。

「そうか」

「ご用件をお預かりいたしましょうか。それともお待ちになられまするか」

幸造が訊いた。

「お疲れのところに目通りを願うのもしのびないな。筆と紙を貸してくれぬか。一筆認めるゆえ」

「よろしゅうございまする」

屋敷に入った幸造がすぐに紙と筆を持って来た。

「すまぬ」

扇太郎は、用件を書いて、幸造へ渡した。

「たしかにお預かりいたしましてございまする」

「頼んだ」

幸造に手紙を渡して、扇太郎は鳥居耀蔵の屋敷を後にした。

「ほっとしているな」

鳥居耀蔵の顔を見なくてすんだことに扇太郎は、肩の荷を降ろした気分であった。

「榊の旦那でござんすね」

少し歩いたところで、扇太郎は声をかけられた。

「そうだが。誰だ」

問いかけに、辻の角から三人の男が出て来た。衣服を着崩し、道中差しを手にしていることから、一目で無頼博徒の類いとわかる男たちであった。

「山形屋の身内の者で」

中央に立つひときわ立派な体格の無頼が名のった。

「……山形屋。闕所となった山形屋幸兵衛か」

すぐに扇太郎は思い出した。

「幸兵衛が嫁の兄で、閻魔（えんま）の一蔵（いちぞう）と申しやす。今宵（こよい）はお願いがござんして」

「願い……吾にか」

扇太郎は、首をひねった。

「へい。お取りあげになった家財を妹へ返してやっていただきたいので。すべてを持っていかれては、妹と子供たちの生活ができやせん。お情けでお願いいたしやす」

一蔵は、ていねいな口調であったが、言っていることは理不尽であった。

「無理を言うな。御上が闕所と決めたのだ。そのようなまねができるはずもなかろう」

できないと扇太郎は拒否した。

「そこをなんとか。闕所にするものがなかったとしていただければ、寄るすべもなく路頭に迷っている妹が助かるんでやすよ」

笑いながら一蔵が述べた。

「寄るすべならば、おぬしがいるではないか。妹とその子供の面倒くらいなら見てやれるだろう」

無駄とわかりつつ扇太郎は返した。

「あいにく、あっしもその日暮らしなもので、妹まで手がまわりやせん」

悪びれた風もなく、一蔵が告げた。

「そりゃあ、残念なことだ。が、なんとかしてやるのが身内というものであろう」

扇太郎はあきれていた。幕府の決まりを役人が恣意（しい）でまげれば、政（まつりごと）は成りたっていかない。

「そいつあ、どうでやしょう。命よりたいせつなものでござんすかねえ」

一蔵が道中差しに手をかけた。

「御上役人へ刃を向ける気か」

予想していたとおりの展開に扇太郎は嘆息した。

「やるのかやらねえのか」

一蔵が正体を現した。

「…………」

無言で扇太郎は踏みこみざまに太刀を鞘走（さやばし）らせた。

「えっ」

柄（つか）を握っていた一蔵の右手が肘（ひじ）で断たれた。

「い、痛（い）てえええ。手が手が……」

一蔵が傷口を押さえて、喚いた。

「兄貴」

「この野郎」

あわてて残っていた二人が、道中差しを抜いた。

「ふん」

扇太郎は動きを止めず、太刀を薙いだ。

「わああ」

右手の無頼の腹が裂けた。

「やりやがったな」

残った一人が道中差しの柄を腰に当てて、身体ごとぶつかってきた。

度胸だけの無頼剣である。剣術の法と理を学んだ扇太郎には脅威でもなんでもなかった。

「ふっ」

足さばきだけで、扇太郎はこれを避けた。道場での稽古は、頭が忘れても身体が覚えていた。

「逃げるな」

たたらを踏んだ最後の無頼が、あわてて振り向いて二度目の突撃を敢行した。

「馬鹿が」

腰を後ろに残した突きに威力も勢いもなかった。扇太郎は、あっさりとかわすと、行きすぎた無頼の尻を思いきり蹴飛ばした。

「ぎゃっ……ひゃああ」

蹴られた痛みで喚いた無頼は、そのまま転んで己の道中差しで腕を深く切った。

「さんぴんが」

「ほう」

血を噴き出し続ける腕をかばいながらも、威勢をたもっている一蔵に扇太郎は感心した。

「血止めをせぬと助からぬぞ」

扇太郎は指示した。

「おのれ、おのれええ」

聞こえなかったのか、一蔵が憎悪の目で扇太郎を睨(にら)んだ。

「止めとけ、死ぬことはないだろう。これ以上来るというなら、容赦はせぬぞ。今退(ひ)くならば、町奉行所へ報せずにおいてやる」

どれも致命傷ではない。さっさと行けと扇太郎は手を振った。

「狙うほどのものなどなかったというに。それでも貯めこんだものは、惜しいか。あきらめが悪いから、人なのだろうなあ」

太刀を拭きながら、扇太郎は一人呟いた。

三日後、近江屋は町奉行所へと呼び出され、即日重追放を命じられた。幕府は近江屋を見せしめとするために、重い罪を与えた。

重追放となれば闕所がついてくる。

「浅草近江屋闕所の案件、お渡し申した」

南町奉行所へ呼び出された扇太郎は、与力（よりき）から書付を差し出された。

「たしかに承って候」

ていねいに扇太郎は受け取った。

闕所物奉行の身分は、与力より低かった。

「近江屋の闕所となれば、千両は下るまい」

下卑た笑いを浮かべながら、与力が口を開いた。

「いかがでございましょうや。内情は意外に火の車やも知れませぬ」

答えながら扇太郎は与力の要望に気づいていた。

「闕所の見積もりは、浅草の天満屋孝吉がおこないましょうほどに。のちほどしかるべき挨拶があるかと」

「天満屋か。あの者はいいの。世のなかをわかっておる」

満足げに与力がうなずいた。

「では、ごめんを」

扇太郎は町奉行所を後にした。

屋敷へ戻った扇太郎は、書付を手代たちに見せた。

「浅草近江屋の闕所を任された」

「おおっ」

「あの近江屋でございまするか」

手代が驚愕した。

「うむ。昨日、身分にあるまじき贅沢を咎められ、重追放となった」

「その闕所を我らが……」

あからさまな喜色が手代の顔に浮いた。

「どれほどの金額になるか……」

「浅草の土地と屋敷だけでも、三千両はかたい」

「それに調度、小間物の商品在庫を合わせれば……五千両」

手代たちがざわつくのも当然であった。

闕所のさい、競売で得られた金の五分が、上納金として闕所物奉行へ届けられる慣例であった。

闕所物奉行は上納金を二分割し、半分を懐へ残りを手代たちへ下賜する。五千両の闕所ともなると、上納金は二百五十両、その半分の百二十五両を手代たちで分けるのだ。一人あたり三十両をこす臨時収入になる。

「三年分以上の余得」

手代たちの筆頭をしている大潟が、息を飲んだ。手代の俸禄は金にして年十両ほどでしかない。

「娘の嫁入り道具がそろえられる」

「母のために医者を呼べる」

口々に手代たちが、使い道を語った。

「皮算用はそこまでにしておけ。金を実際に手にするまで、信用するな」

苦笑しながら扇太郎は、騒ぎを鎮めた。

二十俵二人扶持しか与えられていない手代たちにとって、闕所から得る余禄が命の綱である。ざわめくのも当然であったが、放置しておいては仕事にならなかった。

「誰か、天満屋を呼んできてくれ。まあ、あいつのことだ、すでに知っているとは思うがな」

「はっ」

若い手代が、勢いよく駆けだしていった。

一刻(いっとき)（約二時間）ほどで天満屋孝吉が現れた。

「おめでとうございまする」

「やはり知っていたか」

「町奉行所の与力さまより、お伝えがございました」

天満屋孝吉が答えた。

「さすがは、町方だな」

扇太郎は、感心していた。町方には出入りという制度があった。制度というより慣習と言えた。

百万人を抱える江戸の城下町には、なにかともめ事があった。そのすべてをいちいち町奉行所へ頼んでいたのでは、ときもかかるし費用もかかる。さらに大名や旗本、豪商などは、事件に巻きこまれて名前が出ることを嫌う。そこでなにかと町奉行所に便宜をはかってもらい、ことが大きくならないようおさめてもらうため、節季ごとに付け届けをするのだ。これをお出入りと称していた。

大名、旗本、豪商からもらった金は一度町奉行所へ集められ、身分格式に応じて分配された。

　他に、個人への付け届けというのもあった。

　天満屋孝吉がおこなっているのはこちらであった。浅草の顔役である。縄張りで起こったもめ事は、自らで処理するのが仕事。町奉行所に口出しされては、顔役としての沽券にかかわる。

　かといって、なにもしないと町奉行所から目を付けられ、縄張り内の博打場や岡場所へ、頻繁に手入れを受けるはめになる。また、付け届けをしておけば、なにかあるときには事前に報せが来る。それこそ、博打場へ手入れが入るなどを前もって教えてくれるのだ。町方役人の利用価値は、顔役にとって大きなものであった。

　天満屋孝吉は、南北両町奉行所の与力に付け届けをしていた。

「競売の見積もりを頼みたい」

「お任せくださいませ。その代わり、入札のお任せを」

「わかっておる」

　競売の見積もりにも日当は出るが、闕所はすべてをあつかわねば儲けにはならない。天満屋孝吉の願いを、扇太郎は聞き届けた。

「さっそくで悪いが、供をな」

「はい」

いそいそと天満屋孝吉がうなずいた。

「いやあ、縄張り内の闕所を、他のやつらに持って行かれたらどうしようかと思っておりました」

屋敷を出た天満屋孝吉がほっとした顔を見せた。

「それはきついな」

扇太郎も首肯した。

浅草の顔役である天満屋孝吉が、闕所競売の資格を持つ古着屋だということは、広く江戸中に知られている。その縄張り内で出た闕所を、他の商人が担当するとなったとあれば、天満屋孝吉は、江戸の顔役仲間で笑い者となる。

笑われた顔役についてくる者はいない。配下の離脱だけですめばいいが、今、天満屋孝吉の庇護(ひご)を受けている商家たちまで、流れ出すことにもなりかねない。庇護している商家からあがる用心棒金と博打場の寺銭(てらせん)が主たる収入である顔役にとって、致命傷になった。

「これもお奉行さまのお陰でございまする」

仰々しく天満屋孝吉が頭を下げた。

「よしてくれ、尻の据わりが悪くなる」

大きく手を振って扇太郎が苦笑した。

四

深川から浅草までは、両国橋を渡ればすぐである。

「これは親方」

「天満屋の旦那、ご無沙汰をしておりやす」

浅草に入るなり、町ゆく人が天満屋孝吉へ挨拶をし始めた。

「おう、元気でやってるか」

そのすべてに天満屋孝吉は応じた。

「人気者じゃねえか。歌舞伎の成田屋でもこうはいかぬぞ」

扇太郎は感心した。

「足下でやんすからねえ。浅草はこうでも、品川やら神田へ行けば、いつ後ろから刺されてもおかしくありやせんから」

天満屋孝吉が首を振った。

江戸の町を実質抑えているのは、町奉行所ではなかった。それぞれの町を仕切る顔役であった。これは開闢以来地方から人の流入が途絶えなかった江戸の防衛策、人別の厳格に起因していた。

家康が天下を取って以来、膨張を続ける江戸の町には、大勢の人手が要った。だからといって誰でもいいと受け入れてしまうと、ろくでもない奴まで抱えることになる。犯罪が増えるだけならまだしも、幕府転覆を狙う謀叛人が潜りこんだりしては目もあてられないことになりかねない。

かといってそのための人手を出す余裕は幕府にはなかった。なにせ町奉行所の人員は、与力二十五騎、同心百二十人だけなのである。そこで幕府は、人別の徹底を町内へ任せた。町役人は、町内に居住する男女の人別を記録し、その出入りも監視した。さらに定住だけでなく、一定期間滞在するだけの者まで申告させ、身元の引受人がないかぎり、家を貸したり、住まわせたりすることを禁じた。

しかし、法にはいくらでも抜け道がある。

手甲脚絆草鞋履きでさえあれば、旅の途中に一時立ち寄っただけとの言いわけができ、家を借りられなくとも滞在できた。

渡世人などがそうやって流入すると、やがて町の治安は悪くなり、貸し家持ちの大家から選ばれた町役人では対応できなくなった。そこでいくつかの町内が手を結んで、腕っ節の強い、腹の据わった男を頼んで顔役とし、得体の知れない者たちへの対抗策としたのである。

顔役は、おのれの縄張りの隅々まで知りつくし、金を集める代わりその治安に責任を負っていた。

「浅草はややこしいだろうに」

歩きながら扇太郎は問うた。

「観音さまがございやすからねえ」

江戸一の人気を誇る浅草寺（せんそうじ）には、毎日何百、何千という人が参詣に訪れる。さらに参詣客をあてにした出店、見せ物、大道芸人なども集まってくる。なかには、かなりたちの悪い者もいた。

「うん。ちょいと旦那、ごめんを」

談笑していた天満屋孝吉の表情が変わった。

「どうかしたか」

「あいつ、見たことのねえ面（つら）だな。おい、仁吉（じんきち）」

供を天満屋孝吉が呼んだ。

「へい」

数歩離れてついてきていた仁吉が、天満屋孝吉の側へと来た。仁吉は、先だって天満屋をかばって傷ついた伝吉の代わりとして付いていた。

「あの線香屋、見覚えがあるか」

「……いいえ」

仁吉が首を振った。

「挨拶なしとは、いい度胸してやがるな」

「あっしが」

天満屋孝吉の怒りに、仁吉があわてた。

「いや、見れば何人か、ろくでもない商いをしているようだ」

じろりと天満屋孝吉が、出店を見回した。

「見せしめにするには、儂が出たほうがいい。旦那、しばしお待ちを」

「ああ」

扇太郎は認めた。天満屋孝吉のやりようを見たいと思ったのだ。

ゆっくりと天満屋孝吉が近づいていった。

「お参りされるなら、お線香を。お寺のなかで買うより安うございますよ」

線香売りが手に商品を持ちながら、呼び声をあげていた。

「一束四文、四文で功徳の煙が買えますぞ」

「四文は安いな」

天満屋孝吉が背後から声を掛けた。

「へい。これ以上安いのは、江戸中探してもございやせんよ」

振り向いた線香屋が、商品を差し出した。

「どれ」

受け取った天満屋孝吉が、線香を折った。

「な、なにをしやがる」

線香屋が驚いた。

「湿気てるじゃねえか。見ろ、折れたところを」

天満屋孝吉が線香屋の目の前へ、折れ口を突き出した。乾いた線香なら、折れ口は鋭利になるが、湿っていれば丸くなる。線香の折れ口は丸く、そしてぐずぐずであった。

「線香というより、泥じゃねえか」

「てめえ、勝手に商品を壊しただけではなく、けちまでつけようってのか。俺を誰だと思ってやがる。水島の盃を受けてるんだぜ」

線香屋が凄んだ。水島とは、烏森稲荷神社のあたりを縄張りとしている香具師の親方であった。

「水島の……ほう。おもしろいことを聞くな。水島の親方は他の縄張りで商いをうつとき、挨拶を欠かさないお人だったはずだが」

「えっ」

そこで線香屋は相手に気づいた。

「まさか……」

「天満屋孝吉だ。てめえ、なにをやったかわかってるんだろうな」

線香屋の胸ぐらを天満屋孝吉が摑んだ。

「す、すいやせん。今日ご挨拶をと思っていたんで……」

必死に線香屋が詫びた。

「挨拶前の店出しは厳禁だったはず。てめえは、掟を破ったんだ。水島の親方には、あらためて話をさせてもらう。さっさと店をたたんで、浅草から出て行きやがれ。おう、金は置いていけよ。こんなものを商ったんじゃ、浅草の名折れ。文句を言ってこられたお客に金を返すのが筋」

「へ、へい。金はこのとおり置いていきやすので、水島の親方にはご内聞に」

線香屋が銭入れを渡して詫びた。

「ならねえ。決まりは守らなければ、渡世がなりたたねえ。わかっていたはずだ」

天満屋孝吉が首を振った。

縁日などの出店をしきる香具師の決まりは重い。縄張り外で店を出させてもらうだけに、きちんとした挨拶をしないと、荒らし扱いされてもしかたないのだ。一度でも荒らしをおこなえば、同じ親方のもとにいる香具師は詫びが済むまで、その縄張りで店を出すことができなくなる。線香屋のやったことは、親方である水島の責任となった。水島は後日、天満屋孝吉のもとへ、詫びを入れなければならなくなり、江戸の香具師仲間での評判は一気に落ちる。

「仁吉、放り出せ。店はあとでこちらから水島へ届けてやれ」

天満屋孝吉が命じた。

「へい。さっさと歩きやがれ」

「天満屋の親方、勘弁しておくんなさい」

仁吉に引きずられながら、線香屋が頼んだが、天満屋孝吉は目もくれなかった。

「てめえらも、おかしな商売しやがったら、ただじゃすまさねえぞ」

周囲の出店へ、天満屋孝吉が睨みをきかせた。

「わ、わかっておりやす」

出店の商人たちが、大きくうなずいた。

「お見苦しいものを」

戻ってきた天満屋孝吉が、扇太郎に頭を下げた。

「いや、なかなかおもしろく見させてもらった」

迎えた扇太郎は笑った。

「ところで、あの線香屋はどうなるのだ」

「鳥森稲荷の親方から破門されることになりやしょう」

「破門か」

「さようで。うちでも同じでございますが、破門されやすと二度とどこの親方のもとへも身を寄せることはできなくなりまする」

天満屋孝吉が答えた。

「それでは、食べていけぬではないか」

「江戸を売るしかございませぬ」

あっさりと天満屋孝吉が言った。

「もともと香具師でございまするから、人別を町内に置いていることなどござんせん。どこへ流れていったところで、誰も気にはいたしませせぬ」

「そういうものか」

武家とはまた違ったなりたちに、扇太郎は感心した。

「では、参りやしょう」

天満屋孝吉にうながされて、扇太郎も歩き出した。

近江屋は浅草寺門前にあった。

ひときわ大きな門構えは、三間（約五・四メートル）間口を誇り、隣近所の店とはあきらかな風格の違いを見せつけていた。

「でかいな」

思わず扇太郎は漏らした。

「でございましょう。浅草でも一、二を争う大店で」

半歩退いて立つ天満屋孝吉が言った。

「地所も近江屋の持ちものか」

「あいにく地所は浅草寺さまのもので。このあたりの門前町は、ほとんどがそうでございまする」

期待をにじませた扇太郎の問いに天満屋孝吉が首を振った。

「惜しいな。これだけの地所となれば、三千両は下るまいに」

残念だと扇太郎はこぼした。

「地所がなくとも、建物と調度、商いの小間物道具だけで、かなりの金額になりましょう。早速見積もりを」

天満屋孝吉が促した。

「ああ」

言われて扇太郎は店の前に立つ町役人から出された自身番の番人へ近づいた。

「闕所物奉行、榊扇太郎である」

「これは、お奉行さま。それと天満屋の親方」

番人が頭を下げた。

「お役目で入るぞ」

「どうぞ。こちらの潜り戸は開いておりまする」

軽く押して潜り戸を番人が開けた。

闕所となった店や屋敷は、一カ所を除いて、内側から出入り口を釘付けにされる。これは内部への侵入を防ぎ、物品の持ち出しを禁止するためであった。

「ご苦労」

まず手代の大潟が入った。

「ほおお」

広い土間に扇太郎は感嘆の声を漏らした。

「なかなかのものでございましょう」

続いて入ってきた天満屋孝吉が吾がことのように自慢した。

「小間物屋とは儲かるものなのだな」

「店にもよりましょうが、女は着飾ることに金をかけますゆえ」

天満屋孝吉が笑った。

「そんなものか。では、天満屋頼む」

扇太郎は見積もりを願った。

雪駄を脱いで天満屋孝吉が店へあがった。大潟が後をついていく。

見積もりの間、闕所物奉行は何もすることがなかった。扇太郎は上がり框に腰を下ろして店のなかを見回した。

「みょうに荒れている気がするな。盗人にやられたという感じではないが」

店の様子に扇太郎は首をかしげた。

闕所物奉行になる前、扇太郎は目付の下役である小人目付であった。小人目付は目付の外出に供をするのが仕事である。江戸の治安は町奉行所の管轄であったが、幕臣の屋敷で起こったことは、目付あるいは徒目付の任。臨場する目付の供をして、扇太郎は何度も、盗難の現場や検死の立ち会いをした経験があった。

「お待たせをいたしました」

かなり経ってから天満屋孝吉が戻ってきた。

「どうだった」

「いけませんね」

扇太郎の問いに天満屋孝吉が首を振った。

「蔵も開けて見ましたが、かなりのものを持ち出されているようで」

「持ち出されているだと。闕所と決まった家のものは、竈の灰まで動かすことは禁じられているはずだ」

聞いた扇太郎が驚いた。闕所は財産刑である。判決が下りた瞬間から、対象となるものの移動は禁止される。違反すれば手鎖やむち打ちなどの刑罰が科されるのだ。それと知りながら持ち出していく者がいるとは思いもしなかった。

「奉公人たちでございましょうなあ。店が闕所となったならば、給金はもらえませぬ。かよいの奉公人ならまだしも、住みこみとなれば、住んでいる場所まで奪われるのでございますからな。未払いの給料代わりとして小間物を持って行ったんでございましょう」

天満屋孝吉が説明した。

「それはいかぬ。ただちに町奉行所へ報せ、奉公人の身元引受人を探しだし、厳重な処罰を与えねば……」

「お待ちを、お奉行さま」

怒る扇太郎を天満屋孝吉がなだめた。

「賃金ももらえなかった奉公人にしてみれば、いきなり無一文で放り出されることになるのでございまする。しかも闕所となった店にいたというだけで、なかなか引き取り手も見つかりませぬ。生きていくためにはやむを得ぬので」

「だが、放置もできまい。許せば次もまた起こる」

見せしめが必要だと扇太郎は言った。

「まあ、お任せください。よその縄張りじゃござんせん。奉公人の行き先なんぞすぐに知れますする。分相応以上に持って行った奴からはしっかり取りあげますするから。多少のことは目こぼししてやってくださいませ。でなければ首くくりが出かねませぬ」

「首くくりは勘弁してもらいたいな。わかった。頼んだ」

任とはいえ、人死にが出るのはかなわない。扇太郎は、天満屋孝吉の意見を採択した。

第二章　蘭学の花

一

近江屋の闕所の始末にはかなりのときがかかった。

「ようやく片がつきましてございまする」

天満屋孝吉が競売の割り前を持って来たのは、半月近く経ってからであった。

「ご苦労だったな」

屋敷の居間で対応した扇太郎は、天満屋孝吉をねぎらった。

「これはいつものものでございまする」

袱紗に包まれた固まりを天満屋孝吉が差し出した。

「いただこう」

遠慮なく扇太郎は受け取った。

「二百とは、ずいぶん少なくはないか」

　袱紗を解いた扇太郎が、問うた。

「地所が浅草寺のものであったことは、お話しいたしました」

「しかし、店と商品を合わせれば、それなりの金額となろうが」

　納得いかないと扇太郎は言った。

「たしかにわたくしもそう算用しておりました」

　天満屋孝吉が説明を始めた。

「まず思惑の外だったのが、店でございまする。あれだけの場所と間口、すぐに買い手がつくと思っておりました。しかし、大きすぎたのでございまする。建物の造りは商い用となっておりますれば、お武家さまがお買い求めになることはなく、さらになまじの商人ではあれだけの店を扱いかねるので」

「立派すぎたと」

「はい。やむなく、店を解体して用材として販売するしか手はございませんでした」

　小さく天満屋孝吉が首を振った。

　潰してしまえば、どれほどの銘木であろうとも、傷ものになるしかなかった。建てるときにかかった費用の十分の一にも届かないことは扇太郎にもわかった。

「店のことはわかった。だが、江戸に知れた近江屋の小間物だ。櫛にせよ、笄にせよ、女たちがよだれを垂らして欲しがるであろう」

扇太郎は、さらに問い詰めた。

「諸事倹約の令でございまする」

天満屋孝吉が告げた。

諸事倹約とは、田沼主殿頭意次の放漫な政(まつりごと)で財政を逼迫(ひっぱく)させた幕府が、経済の回復を目指して布告した令である。寛政のご政道として知られる松平越中守定信が出したもので、いまだに廃棄されることなく続いていた。と言ったところで、松平定信が失脚してからは形骸となっており、庶民たちの贅沢は、倹約令以前の状況をこえていた。

「冬の幽霊じゃあるまいし。そんな時季外れのものを持ち出すな」

聞いた扇太郎はあきれた。

「それが季節外れでもなくなっておりまする。でなければ近江屋が闕所になるはずはございませぬ」

声をひそめて天満屋孝吉が告げた。

「ご老中水野越前守さまが、また倹約を打ち出されておられまする」

「つつましくいたせ、か」

鼻先で扇太郎は笑った。

「いくら幕府が旗を振ったところで、誰も従うわけはない。なにせ、大御所さま御自ら、豪奢贅沢をなさっておられるのだからな」

天保八年(一八三七)四月、息子家慶に将軍の座を譲って大御所となった家斉は、西の丸へ居を移し、在職以前より派手な生活を送っていた。側室の数も増えはしても減ることはなく、西の丸大奥に勤める奥女中たちの着物代だけで、数千両が消費されていた。

「ですが、法は法でございまする」

天満屋孝吉が真顔になった。

「まあ、貧乏御家人は、なにがなくとも毎日倹約だがな」

小さく扇太郎は笑った。

扇太郎の家禄は八十俵三人扶持である。三度に分けて支払われるが、合わせておよそ二十四両ほどであった。庶民ならば一両あれば四人家族が一カ月暮らせる。しかし、御家人とはいえ幕臣ともなると、なにかと面倒な要りようがあった。貸し与えられているとはいえ、屋敷の手入れは住人の仕事であり、親戚づきあいも格に応じてしなければならなかった。また、上司や所属している組頭へ節季ごとの付け届けもしなければならない。子供がいれば、昌平黌へ行くための下準備として私塾へかよわさなければならず、その束脩も馬鹿にできなかった。さらに先祖がした借金を返さなければいけないのだ。二十四両で武家の体面を保ちつつ、これらもこなしながら生活するのは無理であった。当然、新たな借財を重ねることになり、御家人の窮乏はきびしくなる一方であった。

「ですが、それがどれだけ理に適っていなくとも、御上が出した以上、庶民は従わざるを得ませぬ」

「ふうむ」

扇太郎はうなった。

「近江屋の闕所が、響きました。しばらくの間は贅沢品を控えようと、皆考えたようで。かなりよいものでも半値どころか十分の一にもなりませなんだ」

「見せしめになり過ぎたか。まったく、御上というのはろくなことをしねえ」

「お奉行さまが口にされていい言葉ではございませぬよ」

苦笑しながら天満屋孝吉が諫めた。

「それもそうだ。雀の涙ほどとはいえ、禄をいただいているんだ。今のは聞かなかったことにしてくれ」

手を振って扇太郎は頼んだ。

「では、これでよろしゅうございましょうか」

「しかたあるまい。ないよりましだ」

扇太郎は金に袱紗をかけ直した。

「もう一つ」

懐から天満屋孝吉が、簪を出した。

「これを朱鷺さんへ。女にはときどき気を遣ってやらなければなりませぬ」

「おいおい。品物はすべて競売にかけなきゃいけないはずだぜ」

簪を天満屋孝吉へ押し返しながら、扇太郎は咎めた。

「これは近江屋の闕所で手にしたものではございませぬ」

天満屋孝吉がもう一度押し出した。

「奉公人が持ち逃げしたのを取りもどした、そのなかの一つで」

「闕所以降という奴か」

扇太郎は確認した。

闕所には日時があった。闕所の判決が出てから三十日以内にすべての手続きを終えなければならず、以降に見つけだされた財産は、なかったものとしてあつかわれた。期限を決めないといつまで経っても、闕所が終わらず、勘定方へ金は入らない。もっとも派手にやりすぎれば許されない。一種の目こぼしと言えた。

「ちと取りすぎた野郎がいましたので」

「買おう」

袱紗をもう一度開けて、扇太郎は小判を一枚取り出した。

「これで足りるか。足りなければ言ってくれ。こんなものを買ったことはないのでな、相場がわからぬ」

「けっこうでございまする。少々は値引きということで」

天満屋孝吉が小判を受け取った。銀の細かい細工を施した簪である。とても一両や二両で買えるものではなかったが、天満屋孝吉はそれ以上言わなかった。

「では、これで」

「ああ」

扇太郎は簪を受け取った。

「闕所はすべて終了だな」

「売れないものが多少ございましたが、まあ、それも損失として考えのうちでございまするし」

なにげなく天満屋孝吉が言った。

「売れないものとはなんだ」

気になった扇太郎が問うた。

「近江屋の帳簿とか、用心帳、手紙の類いで」

天満屋孝吉が述べた。

用心帳とは、備忘録のことだ。

「ふうむ。それは売れぬわな」

「反古買いにでも下げ渡そうかと考えておりまするが、闕所となった店の帳簿でございますからなあ。反古買いへ売って襖の下張りにでも使われてもちと困りまするで」

「おもしろそうだな」

扇太郎は興味を持った。

「どうなさるおつもりで」

「少しでも高く売れ、早く金を持ってこい、とうるさくせっつく勘定方へ、売り上げと一緒に届けてやろうかと思ってな。売れなかったとはいえ、闕所のものには違いありませぬ。日限も来ましたゆえ、闕所物奉行の手を離れ、勘定方へお渡ししますと」

「嫌がらせでございますか」

あきれた顔で天満屋孝吉が嘆息した。

「お咎めを受けませぬか」

「どこにも闕所で余ったものを届けてはならぬという法はない。なにより、書付を扱うのは、勘定方のほうが慣れているだろう」

勘定方は五十俵から百俵ほどの御家人が命じられた。役料は百俵、激務ではあったが、幕府の根本を握っていることもあり、昇進も早く、旗本へ昇格していく者も多かった。

複雑で多くの数字を取り扱う仕事だけに、早くから手ほどきを受けた代々の家柄でなければつとまらず、役方のなかでも勘定筋として独立していた。それだけに気位も高く、町同心に毛の生えたていどの闕所物奉行など鼻先であしらわれた。

「金を届けに行って半日待たされるなどあたりまえだ」

扇太郎は、勘定方を嫌っていた。

「それはそれは」

天満屋孝吉が驚いた。

「金ほど大事なものはございませぬのに」

「御上だからな。金は差し出されて当然だと思ってるのだろうよ。己の足で稼いだものでもないくせに、少ないだの、遅いだのと文句ばっかり喰らわしてくれる。だから算盤侍は気にくわない」

算盤侍とは勘定方を蔑視したものである。毛嫌いを露骨に扇太郎は見せた。

「よろしゅうございます。のちほど、近江屋の書付いっさい、お届けいたしましょう」

「慌てなくていいぜ。どうせ、今日はもう昼を過ぎた。今から勘定所まで行くのも面倒だからな」

「承知いたしましてございまする。では、本日はこれにて」

「ご苦労だった」

天満屋孝吉が、去っていった。

「配らぬとな。皆、待っているだろう」

袱紗ごと懐へ入れて、扇太郎は詰所へ向かった。

「重いな」

生まれて初めて持つ大金に、扇太郎は少し震えた。

「待たせたな。ようやく近江屋の分が届いた」

「おおっ」

「それはそれは」

扇太郎の言葉に、手代たちが喜びの声をあげた。

「残念なことに、思ったよりも金額は少ない。天満屋によると、諸事倹約令の影響だそうだが」

　言いながら扇太郎は手にしていた袱紗を畳の上に置いて、開いた。

「悪いが一両だけ先に使わせてもらった。総額二百両。慣例により、半額は吾がいただく。残りをそちらで配分してくれるように」

「百両でございますか」

　年長の大潟が確認した。

「予想よりずいぶん少ないがな」

　扇太郎は九十九両を懐に入れた。

「いえ。助かりまする」

　大潟が頭を下げた。

「お奉行さま、勘定所へはいつ」

　手代でもっとも若い若林が問うた。

「明日だな。若林、ついてきてくれ」

「承知いたしましてございまする」

　近江屋の闕所は、分け前が大きかったことからもわかるように、かなりの金額になっていた。とても扇太郎一人で運べるものではなく、配下の手代と小者数人の手伝いが要った。

「小者はいつものように」

「ああ。町奉行所から借りて来てくれ」

扇太郎が指示を出した。

闕所物奉行は閑職である。闕所がなければ、仕事がまったくないのだ。したがって配置されている人員も少なく、なにかあればかかわりの深い町奉行所から人を出してもらっていた。

「今月の月番は、北か」

「はい」

「よし、ちょっと挨拶だけしておこう」

懐の金を落とさないよう、ゆっくりと扇太郎は立ちあがった。

「お手数をおかけしまする」

老練な手代の大潟が、頭を下げた。

「これも闕所物奉行の仕事だからな」

「おそれいりまする」

「では、適当に帰ってくれていい」

扇太郎は詰所をあとにした。

「朱鷺」

「はい」

奥へ入った扇太郎は朱鷺を呼んだ。

「これを預けておく。生活の費として、使ってくれ」

扇太郎は九十九両から十九両を引いて、残りを朱鷺に渡した。

「お預かりいたしまする」

八十両を朱鷺が受け取った。

「あと、これを」

懐から簪を出し、扇太郎は朱鷺へと与えた。

「わたくしに……」

驚いたような顔で朱鷺が扇太郎を見あげた。

「少しは身を飾ってくれ。男にとって女は、やはり美しくいて欲しいのだ」

言うだけ言うと、扇太郎は立ちあがった。

「出てくる」

頰を染め動きを止めた朱鷺を残して、扇太郎は屋敷を出た。

二

深川から北町奉行所のある呉服橋までは、けっこうな距離があった。剣術で鍛えた扇太郎の足でも一刻（約二時間）はかかった。

呉服橋御門を入ったところに北町奉行所はあった。町奉行は三千石高、旗本のなかでも長崎奉行や、京都町奉行などを経験した、とくに優秀な者から選ばれた。江戸の治安と司法だけでなく、老中たちと政について語り合うだけの権力が与えられていた。

といったところで、三千石の旗本など、扇太郎からすれば雲の上の人である。会ったことさえなかった。

「闕所物奉行、榊扇太郎でござる。筆頭与力どのは、おられるか」

町奉行所の門前で六尺棒を持って警戒している小者へ、扇太郎は用件を告げた。

「山田さまでございまするか。しばしお待ちを」

小者一人が駆けていった。

「どうぞ、なかで」

もう一人の小者に促されて、扇太郎は町奉行所の内玄関へと進んだ。

「誰もいないな」

ちらと周囲に気を配った扇太郎は、懐から紙入れを取り出すと、そこから小判十枚を抜いた。紙入れをふたたび懐へ戻して、扇太郎はむき出しだった十両を懐紙にくるんだ。

「榊か」

そこへ筆頭与力がやって来た。

町奉行所に配されている与力は、おおむね二百石を禄するが、不浄職としてお目見え以下の身分であった。役目柄庶民と接することが多く、身形にも金を掛け、洒脱な者が多かった。

「お呼び出しして申しわけござらぬ」

ていねいに扇太郎は礼をした。

「いや、かまわぬが、なんだ」

首を振りながら、山田が先を急かした。町奉行を支える与力は、多忙であった。代々、町奉行所の与力として勤めてきているだけに、在任中だけしかかかわることのない町奉行より、前例や慣例を含めて精通している。町奉行のおよばぬところを助け、江戸の町を把握しなければならない与力は、まさに席を温める間もなかった。

「近江屋闕所の一件でお願いがござる」

「人手か」

すぐに山田は理解した。

「要るだけ連れていっていいぞ」

「早速のご承知かたじけなく」

頭を下げながら、扇太郎は金を包んだ紙をそっと玄関式台の上へ滑らせた。

「ちょうだいしよう」

山田は悪びれることもなく受け取った。

「かなり大金になったな」

紙包みの重さを手で量った山田が問うた。

「…………」

金額を漏らすわけにはいかなかった。闕所における金の動きは、闕所物奉行と勘定方だけですませるのが慣例であった。

「明日か」

山田が問うた。

「わかった。今宵から小者を闕所物奉行所へ出させよう。盗賊などに襲われても困るであろう」

「お心遣いに感謝いたしまする」

「では、これでな」

忙しい山田は、用件をすませると無駄口を叩くこともなく、足早に戻っていった。

「さて、どうするかな」

北町奉行所を出た扇太郎は、呉服橋御門を通りながら独りごちた。

「懐は温かい」

与力へ十両渡したとはいえ、紙入れにはまだ九両入っている。いつもの扇太郎からは考えられないほどの大金であった。

「吉原の太夫（たゆう）を揚げるにはちと足りないが……」

ご免色里吉原の看板、太夫ともなると一晩共にするだけで十両からの金が要った。

「といったところで、女を抱く気にはならぬな」

あの日以来、扇太郎は朱鷺を抱けなくなっていた。

「酒でも飲むか。となれば、小判を崩さなければな」

扇太郎は目についた両替商へと足を運んだ。

八百善（やおぜん）や、平清（ひらせい）などの名の知れた料亭ならば、小判で支払っても、いや小判で支払わねばならぬほど高いが、そのあたりの煮売り屋や料理屋などは、小銭がないと支払いに困った。

小判一両は銭にしておよそ六千文になる。飲んで食べてせいぜい二百文ほどのところで、小判を出したら、釣りに困るのだ。

扇太郎は小判一枚を崩すことにした。

「朱銀に替えてくれ」

「一朱ばかりでございまするか」

小判を出された両替屋の番頭が確認した。一両は四分、一分は四朱になる。一朱は一両の十六分の一、銭にしておよそ三百七十五文であった。

「では、これを。一朱銀が十五枚、あと四文銭が五枚、お確かめを」

番頭が金を差し出した。

「たしかにある」

さっと目で数えて、扇太郎は金を紙入れへしまった。

両替も無料ではなかった。金額に応じて率は変わるが、およそ五分から一割の手数料を取られた。

「またのおこしを」

声に送られて、扇太郎は店を後にした。

「久しぶりに日本橋小網町あたりで、魚でも喰うか」

扇太郎は足を東へ向けた。

小網町は、東海道の起点でもある日本橋から近い。江戸湾に面していることもあり、回船問屋などが立ち並んでいた。船の荷下ろしをおこなう人足たちを目当てにした飲食の店も多い。また魚市場と隣接していることで、安くてうまい料理を出すことで知られていた。

「入るぜ」

葦簾を衝立代わりに立てかけている店を扇太郎は選んだ。

「いらっしゃいやし」

調理場から、店主らしい男が声を掛けた。

「酒と肴は見繕いで三つほど頼む。折角だから、なにか魚を出してくれ」

「承知しやした」

店主がうなずいた。

「お待たせで」

少しして、店主が酒と魚を持ってきた。

酒は上方から入ってきた清酒だったが、船賃が上乗せされ、かなりの高額になり、庶民の口に入るときはかなり水増しされていた。

「黒鯛の酒浸しとあぶらめの煮付け、鱸（すずき）の塩焼きで」

注文通りの魚が並んだ。

「酒浸しか、久しぶりだ」

扇太郎は、酒よりも先に手を付けた。

酒浸しとは、新鮮なうちに捌（さば）いた魚の身を薄切りにし、出汁（だし）と合わせた酒へ漬けこむ料理である。夏場でも一日くらいならば、傷むことなく生魚を食することができる。

「おっ。少し舌に辛さが来るぞ」

片口の酒を独酌で注いで、扇太郎は飲んだ。

「辛子（からし）を少し、出汁に溶かしてあるんでございますよ」

自慢げに店主が教えた。

「それでか。いや、なかなかにうまいぞ」

扇太郎は酒と肴を存分に楽しんだ。

「馳走（ちそう）であった。いくらだ」

「へい。全部で二百二十文いただかせてくださいやし」

店主が頭を下げた。

この手の店としては高いが、酒浸しなどを頼んだのであれば当然の金額であった。

「釣りは要らぬ」

一朱銀を一枚、扇太郎は置いた。

「戻るか」

まだ日は落ちていなかった。町奉行所から小者を出させておきながら、己が朝帰りするなど論外である。

扇太郎は、屋敷を目指した。

「おかえりなさいませ」

戻った扇太郎を朱鷺が迎えた。

「今戻った」

腰に差していた太刀を抜いて、朱鷺に渡しながら扇太郎は居間へと向かった。

「これは……」

居間に見たことのない箱が置かれていた。

「天満屋から、先ほど」

朱鷺が報告した。

「早速か。さすがは天満屋だな」

白湯（さゆ）をくれと言って朱鷺を下がらせた扇太郎は、箱を開けた。

「結構入っているな」

扇太郎はなかの手紙などを取り出した。

「これが帳簿か」

しっかりと紙縒(こよ)りで綴じられた帳簿を扇太郎は開いた。

「これは売りの帳簿だな」

品物と値段が羅列され、最後に一日の集計が書かれていた。

「すごいな。一日で二百両も売れていたのか」

ざっと勘定をした扇太郎は驚いた。

「こっちが仕入れ帳か」

仕入れ帳も開いた扇太郎は、目を見張った。

「飾り師次郎吉　簪(かんざし)二本、白銀金こはぜ垂らし合計四両。二本で四両か。これを近江屋はどれだけの値段で売っていたのやら」

倍で売ったくらいならば、とてもあれほどの身代(しんだい)は築けない。

「商人というのはなかなかに悪辣(あくらつ)なものだ」

「それは違う」

白湯を持って入ってきた朱鷺が首を振った。

「何が違う」

「商人は、売れない日の危険も抱えている」

朱鷺が述べた。

「売れない日の危険とはなんだ」

扇太郎は訊いた。

「商品が一つも売れない日でも、奉公人の給金は払わなければいけない」

「ふむ」

言われて初めて扇太郎は気づいた。

御家人である扇太郎は、米の出来高に左右されることなく、毎年同じだけ支給される。米相場で多少増減があるとはいえ、収入が保証されているのだ。

「わたしたちは、客がなければ、食事を止められた」

朱鷺は音羽桜木町でのことを語った。

「でも、それは遊女屋だけ。普通のお店は、奉公人の食事は出さなきゃいけない」

番頭や家族持ちでないかぎり、奉公人は店で寝泊まりするのが決まりであった。代わりに店は奉公人たちの衣食住をまかなう。

「商人の儲けには、そのあたりの金も含まれる。ほかにも地所の借り代、店の修繕費、売った商品に欠陥があったときの保証なども考えなきゃいけない」

扇太郎よりもはるかに世間慣れしている朱鷺の説明は的確であった。

「それに目を付けた職人を育てるにもお金は要る」

「家臣のようなものか」

武家でも若党や中間などを抱えることはある。扇太郎は理解した。

「なるほどな。商人には商人の苦労があるということだ」

差し出された白湯を扇太郎は口にした。

「おっ」

茶碗を置いて朱鷺を見た扇太郎は、簪が挿されていることに気づいた。

「似合ってるな」

武家娘としての島田髷でも、妻女の丸髷でもない朱鷺は、洗い髪を頭の上でまとめるだけの櫛形にしている。豊かな黒髪に銀の輝きはよく映えていた。

「……ありがとう」

小さな声で礼を言った朱鷺が逃げるように出ていった。

「…………」

扇太郎も照れた。しかし、抱きたいとの欲望は起こらなかった。

「さて、残りはなんだ」

わざと頭を振って、気分を変えた扇太郎は、ふたたび近江屋の書付に目をやった。

「これは手紙の束か」

ひとくくりにされた紙の束を興味なく、扇太郎は畳の上へ放り投げた。

「残りは、近江屋の娘の嫁入り支度の控えとかか」

近江屋には浅草小町と言われた二人の娘がいた。その内の姉娘が、三年前に、神田の同業者のもとへ嫁に行っていた。

「どのくらいの金がかかっているのかわからないが、かなり高そうなものばかりだな」

娘の嫁入り支度にかけた近江屋の想いがそこにあった。

「贅沢禁止に触れただけだからな。娘が嫁入り先で肩身の狭い想いをすることはないだろうが……」

犯罪者の血縁は、かなり周囲から白眼視された。家族が人殺しなどをおこなった場合は、まず町内に住み続けることはできなかった。嫁に行った先から娘が戻されるなどは普通の対応であった。

「手紙を読むのはさすがに気が引けるな」

箱へ戻そうとした扇太郎は、手紙の文字に気を引かれた。

「江川……」

そこに書かれていたのは、かつて小人目付だったとき、江戸湾海防巡見で同行した蘭学者の名前であった。

「小間物屋と蘭学者……どういうつながりだ」

気になった扇太郎は、手紙を頭から読み始めた。伊豆韮山代官でもある江川太郎左衛門は蘭学者としても知られていた。

「白銀を使った細工物を注文しているだけのようだが……」

手紙は普通の注文書のようにも見えた。

「それにしては、指示がずいぶんと細かいな」

江川太郎左衛門の注文は、一読しただけではまったくわからないほど多く細かかった。

「簪でもなさそうだ。櫛ではないし」

櫛はあるていどの大きさがあるため、白銀作りなどでは重すぎ、使いにくい。

「帯留めか」

書かれている寸法から予測してみたが、今日朱鷺に渡した簪が扇太郎にとって初めての小間物買いである。なんのことかまったくわからなかった。

「こういうのに詳しいのは……」

知り合いの顔を思い浮かべたが、適任は見つからなかった。

「天満屋に訊くか」

顔役である天満屋孝吉ならば、小間物に詳しい者を知っているはずだと、扇太郎は結論した。

「夕餉の用意が」

告げに来た朱鷺に、扇太郎はうなずきながら頼んだ。

「明日朝一番で、天満屋孝吉へ使いを出してくれ。小間物にくわしい者をよこして欲しいとな」

「はい」

朱鷺が首肯した。

三

翌朝、朱鷺は隣家の中間に小銭を握らせて、使いとした。奉公人を抱えられない貧乏御家人たちがよくやる手立てである。

「お呼びだそうで」

しばらくして、天満屋孝吉が壮年の男を連れてやって来た。

「朝早くにすまぬ」

詫びを述べてから、扇太郎は事情を話した。

「手紙のなかにそのようなものが……」

すぐに天満屋孝吉が連れてきた男へ顎(あご)をしゃくって見せた。

「へい。ちょいと拝見」

男が手紙を手にした。

「…………」

何度も読み返した男が、ようやく手紙を置いた。

「どうだ」

扇太郎は問うた。

「お話ししなさい」

天満屋孝吉も許した。

「へい。これは小間物じゃございません。このような形のものをあっしは、今まで見たこ
とも聞いたこともございませぬ」

「では、なんなのだ」

首を振る男へ、扇太郎は詰め寄った。

「わかりませぬ。ですが……」

懐から紙を出した男が、筆で簡単な絵を描いた。

「これは……」

「なんじゃ」

覗きこんだ天満屋孝吉と扇太郎は、首をかしげた。

「こことここに、爪のようなものがございまする」

男が図を指さした。

「おそらくなにかに引っかけるためではないかと」

「なるほど」

天満屋孝吉が先に理解した。

「どういうことだ」

扇太郎は天満屋孝吉に訊いた。

「この飾りものは、なにかに取り付けて使うものということでございますよ」

天満屋孝吉が説明した。

「なんに取り付けるのだ」

「そこまでは書いてありませんので」

　飾り職の男が首を振った。

「あと、これは二つ注文されておりまする。まったく同じものが二つ」

　男が話した。

「二つか……」

　手紙をもう一度読み返して扇太郎は呟いた。

「とにかく助かった」

　紙入れから一分取り出すと、扇太郎は飾り職の男に握らせた。

「これは……受け取れやせん」

　天満屋孝吉の前だからか、男が首を振った。

「気にするな。いいな、天満屋」

「もちろんでございますよ。遠慮なくもらっておきなさい。今のお奉行さまはお金持ちだからね。次はもらえるかどうかわからないよ」

　笑いながら天満屋孝吉が許した。

「ありがとうございまする」

　男が金を銭袋へと納めた。

「もうよろしゅうございまするか」

「ああ。呼びたててすまなかったな」

扇太郎は礼を言った。

「身支度を」

入れ替わるように朱鷺が入ってきた。

「ああ」

立ちあがって扇太郎は衣服を替えた。

継裃（つぎかみしも）と袴（はかま）が、闕所物奉行の正装になる。

着替え終わった扇太郎は、待っていた町奉行所の小者たちを呼び、蔵から千両箱二つを運び出させた。

「帰りは一緒にならないと思う。終わってからこれで一杯やってくれ」

これも慣例である。屋敷を出発する前に扇太郎は小者たちへ二分銀を一枚握らせた。二分は一両の半分にあたる。五人ていどなら多少贅沢な飲み食いをしても余った。

「これは、ありがたく」

小者は遠慮なく受け取った。

「では、出立」

扇太郎は手を挙げた。

闕所物奉行は馬に乗ることが許されていなかった。扇太郎は千両箱を乗せて重くなった大八車の速度に合わせて、ゆっくりと進んだ。

幕府には二つの勘定所があった。城中お納戸御門を入った奥にある勘定方詰所と、大手門を入ったところにある下勘定所である。

扇太郎が目指すのは、大手門を入ったところにある下勘定所であった。

二刻（約四時間）弱かけて、大八車は大手門前に着いた。

「申しわけございませんが、ここで」

小者たちが頭を下げた。

町奉行所に属する小者たちは、不浄職とさげすまれているため、大手門を潜ることが許されていなかった。

「ご苦労だったな。ここまででいいぞ」

扇太郎は、奉行所から出た小者たちをねぎらった。

「行こうか」

見送って扇太郎は、同行してきた手代の若林に声を掛けた。

「承知つかまつりましてございまする」

若林が大八車の引き棒を握った。

すでに日は中天にある。登城する役人、大名の行列はなく、大手門前は主の下城を待つ家臣たちだけとなっていた。

「待て」

大手門にかかる橋を渡ったところで、扇太郎は門の警衛を担当する書院番士より誰何(すいか)された。

「闕所物奉行、榊扇太郎でござる。下勘定所まで御用にて参りまする」

ていねいに小腰をかがめて、扇太郎は名乗った。

書院番士は小姓組番士とならんで、将軍の警固を任としている。名門旗本のなかで、とくに武に優れた者が選ばれた。将軍の近くに仕えることから出世も速く、そのぶん気位も高かった。

「通れ」

鷹揚(おうよう)に書院番士が通行を許した。

「御免つかまつる」

もう一礼して、扇太郎は大手門を潜った。

下勘定所は、大手門を入ってすぐにあった。

「闕所物奉行でござる。お勘定衆に闕所の金をお渡しに参った」

下勘定所の土間で扇太郎は声をあげた。

江戸だけでなく、天領いっさいの仕置き、関八州の取り締まりを担う勘定方は幕府のなかでもっとも忙しい役人であった。

「そこで待っておれ」

誰かがどなった。

勘定方は、六つに分かれていた。

諸経方の検査と米相場を管轄する御殿詰、金座、銀座の監督、御家人への給米をおこなう勝手方、天領での年貢徴収などを任とする取箇方、五街道を取り締まる道中方、運上金、将軍家菩提寺の雑務を担当する伺方、そして各役所から出された書付を審査し、勘定奉行の印を受け取る帳面方である。

闕所物奉行から金を受け取るのは運上金を扱う伺方であった。

大八車の上に千両箱を二つ乗せたまま、扇太郎と若林はたっぷり半刻（約一時間）以上待たされた。その間にも勘定方は休むことなく動いていた。

「台所役人から回された書付はどこへやった」

「あれは詰所の者が持って行ったはずだ」

「天領代官の報告書はこのままお奉行さまへあげていいのか」

「かまわぬ。去年と書式は同じだ。問題はあるまい」

怒鳴り合うように勘定方たちが用件を片づけていく。

「いつ来ても、このような」

初めて供をした若林が小声で訊いてきた。

「ああ。両国橋の袂より騒がしいだろう」

両国橋の手前はちょっとした広場になっていた。そこには多くの露店が並び、見せ物なども出て、江戸で有数の喧噪を醸し出している。苦笑しながら扇太郎は答えた。

「闕所物奉行、こちらへ」

ようやく扇太郎は呼ばれた。

「帳簿を」

初老の伺方が、扇太郎へ手を伸ばした。

「これでござる」

昨日中に大潟がまとめた帳簿を扇太郎は渡した。

「近江屋闕所の一件にしては、少ないようだが……」

伺方が、疑いのまなざしで扇太郎を見た。

「御上（おかみ）のご倹約令が行き届いておりまするので、小間物を買う者もあまりなく」

「……むう」

小さく伺方がうなった。

幕府の方針が効果をあげたせいだと言われれば、役人に返す言葉などあるはずもなかった。

「了承した」

納得した伺方が、手近の机を使ってさらさらと二枚の封印を仕上げた。

「これを千両箱に貼れ」

「承知」

手にした封印を扇太郎は、千両箱へと貼った。

「こうしておかんと、誰かが使ってしまうからな。闕所の金は江戸の町を修繕するために遣われると決まっておるのにもかかわらずだ」

大きく伺方が嘆息した。

「あと、これを」

扇太郎が、隙をついた。一仕事終えて伺方が気を抜いたとき、扇太郎は懐から書付の束を出した。

「闕所で売れ残ったものでございまする。お納めくださいますように」

「なんだこれは」

伺方の機嫌が悪くなった。

「近江屋の帳簿でございまする。さすがにこの手のものは売れませぬので」

「このようなものを持ってくるな。そちらで処分せぬか」

怒りを伺方があらわにした。

「闕所で出たものはすべて勘定所へお納めする決まりではございませぬか」

わざと扇太郎は首をかしげた。

「金以外は納めずともよい」

きっぱりと伺方が断言した。

「さようでございましたか。では、そのようにいたしまする」

扇太郎は書付を手にした。

「わかればいい」

伺方が許した。

小さく扇太郎は笑った。わざわざ書付のことを持ち出したのは、金以外は随意にしていいとの言質（げんち）を取るためだった。これで朱鷺のことを知られても、扇太郎は咎められることはなかった。朱鷺は、一応、天満屋孝吉からもらい受けたことになってはいるが、岡場所の闕所で商品として扱われた遊女である。いわば財産なのだ。つつかれれば、朱鷺を勘定所へ差し出さねばならなかった。それを扇太郎は防いだ。

「では、これにて」

満足した扇太郎は、帰ると告げた。

「ご苦労であった」

受け取りの書付に確認の花押（かおう）を入れて、伺方は席へと戻った。

「終わりましたね」

大手門を出たところで、若林がほっと息をついた。

「上役しかいないところだからな、気疲れする」

扇太郎も同意した。

「昼も過ぎてしまったな。急いで戻ろう」

「その前にこの大八車を町奉行所へ返しませぬと」

「そうだったな」

若林に言われて、扇太郎はうなずいた。

小者だけでなく大八車まで、奉行所からの貸し出しであった。

「急ごう。手間取っては、昼飯がさらに遅くなる」

「はい」

扇太郎の指示に、若林が首肯した。

四

一連の手続きを終えてしまうと、闕所物奉行ほど暇な者はなかった。

朝、屋敷のなかにある詰所へ顔を出すだけで、一日は終わってしまう。

勘定所へ金を届けた翌日、扇太郎は近江屋の手紙を前に考えこんでいた。

「これはいったいなんなのか」

扇太郎は江川太郎左衛門が注文した細工物に興味を抱いていた。

「あの江川どのが頼まれるほどのものだ。なにかの意味を持つはずだ」

江川太郎左衛門と扇太郎は、海防の巡見で絶えず一緒であった。その理由は、蘭学を目の仇にする上司鳥居耀蔵の命令で、見張っていたからであった。

二カ月以上、同行した江川太郎左衛門は、まったくなんの野心もなく、純粋に国防を憂えていると、扇太郎にもわかるほど清廉な人物であった。

江川太郎左衛門は、相模と伊豆を主とする五カ国の天領五万六千石を預かる伊豆韮山の世襲制代官の八代目である。鎌倉以来の名門である江川家の当主としては三十六代目に当たった。兄英虎が死ぬまでの間、江川太郎左衛門英龍は、裕福な家の次男として江戸に遊学し、剣術を神道無念流の名人岡田十松に、蘭学を渡辺崋山、高野長英から学んだ。

渡辺崋山の尚歯会へも早くから参加し、長崎で蘭学の第一人者とされる高島秋帆の薫陶を受けた。やがて尚歯会の同志であった幕臣川路聖謨を通じて老中水野越前守忠邦と出会った江川太郎左衛門は、その知遇を得て幕政にも影響を及ぼした。

江川太郎左衛門の重用を、苦々しく思った鳥居耀蔵によって、一度は海防巡見から外されるが、その見識を惜しんだ水野越前守によって、再任された。

西洋式の最新測量術を用いた計測は、古い和学に頼った鳥居耀蔵の成果を上回り、江戸湾海防の素案は、江川太郎左衛門のものが採用されたほど、水野越前守の信用は厚かった。

「どうするか」

手紙を扇太郎はもてあそんだ。

「鳥居どのに渡すべきなのだろうが……」

扇太郎は鳥居耀蔵の手下である。鳥居耀蔵に見込まれて闕所物奉行へと引きあげてもらった。

鳥居耀蔵の走狗だと認識はしているが、すべてを預けてはいない。鳥居耀蔵も扇太郎をかばう気など毛頭ないことはわかっている。今は役に立っているから、生かされているだけであり、何かあれば知らぬ顔をされるどころか、切り捨てられる。

「謀叛の手紙というわけではないが」

江川太郎左衛門が、裏表のない人物だとはわかっている。かといって、命をかけてまで守ろうとは思っていなかった。

「できれば両方とかかわらずにすませたいのだが……」

八十俵の御家人では、出世など望むべくもなかった。先祖代々受け継いできた雀の涙ほどの禄であるが、かつかつながら食べていくことはできる。妻を娶り子をなすことも無理ではなかった。

「そういうわけにもいかぬか」

扇太郎は嘆息した。

引きで小人目付から闕所物奉行となった扇太郎は、すでに鳥居耀蔵の配下と見られていた。

「仕事をしておらぬと見られるのもまずいな」

役立たずとなったなれば、扇太郎はただちに役目を取りあげられ、小普請組へと落とされる。小普請組とは無役の御家人、旗本を集めたところで、役料が出るどころか、逆に小普請金という上納金を支払わねばならなかった。

小普請金とは、年間百俵に付き一両二分を幕府へ納めるもので、八十俵の扇太郎ならば、一両ちょっとになる。

年間二十四両ほどしか収入のない扇太郎にしてみれば、馬鹿にならない金額であった。

「たいした内容でもない。渡すか」

火の粉が身に降りかかるよりはましと、扇太郎は手紙を鳥居耀蔵へ届けることにした。

目付である鳥居耀蔵の帰邸は深更に近かった。

「お戻りでございまする」

さんざん待たされて、ようやく扇太郎は鳥居耀蔵のもとへ呼ばれた。

「しばし、そこで待っていよ」

居間へ通された扇太郎を、鳥居耀蔵は手で制した。

「夕餉でございまするか」

扇太郎は驚いた。

「うむ。少しは食べておかねば、任に耐えられぬ」

鳥居耀蔵は、目の前で湯漬けを三杯かきこんだ。

「待たせた。なんだ」

茶碗を置いた鳥居耀蔵が問うた。

「近江屋の闕所でこのようなものが」

「……近江屋。ああ。贅沢のかどで重追放となった商人だな。そなたが扱いたいと申したゆえ、任せたが」

扇太郎の差し出す手紙を受け取りながら、鳥居耀蔵が思い出した。

「ほう。江川太郎左衛門のか」

読み始めた鳥居耀蔵が、声を漏らした。

「これは……みょうな作りだの。引っかけるところがあるようだが、どこに使うのか、よくわからぬ」

鳥居耀蔵が呟いた。

「形がおわかりでございまするか」

思わず扇太郎は訊いた。

「わからずでは困ろう。まさか、そなた、なにもわからぬままに、余のもとへ来たと申すのか」

冷たい目で鳥居耀蔵が見た。

「いえ。形だけは把握しておりまする」

扇太郎は冷や汗をかいた。

「ふん。まあよいわ。そなたは吾が手足だからの。ものごとを考えずともよい」

「…………」

無言で扇太郎は、鳥居耀蔵の言葉を受け流した。

「近江屋の闕所をさせて、少しは役に立ったか。詳細を調べねばならぬ。ご苦労であった」

犬を追うように、鳥居耀蔵が手を振った。

「では、ごめん」

扇太郎は立ちあがった。

「榊」

鳥居耀蔵が呼び止めた。

「まだなにか」

足を止めて扇太郎は問うた。

「そなたは判断するな。なにかあれば、すぐに余のもとへ報告に来い」

「はい」

「闕所の報告は昨日すませたはずだ。となれば、この手紙は遅くとも二日前には、そなたの手元に届いていたはず。二日の間なにをしていた」

きびしい声で鳥居耀蔵が問い詰めた。

「………」

扇太郎は黙った。

「まあよい。持って来たことに免じてやろう。だが、次はないぞ」

「心しておきまする」

軽く頭を下げて、扇太郎は背を向けた。


目付の権力は江戸城中でも図抜けていた。その源を戦陣での軍目付に始まる目付は、監察を主たる任としながら、他にも非常における城内役人の指揮、諸国巡察、江戸市中臨検など、多彩な役目を帯びていた。

とくに大きなものが、直接将軍家へ上申する権であった。これは政についてだけでなく、諸役人の可否をも可能としており、場合によっては老中さえも罷免できた。

目付に睨まれれば、たかが八十俵など、一息で潰された。

「頭が回りすぎるというのも困りものだな」

鳥居耀蔵の屋敷を後にしながら、扇太郎は呟いた。

「あまりに細かいことまで言い出すと、面従腹背となるだけで、真に忠義を尽くしてくれる者などいなくなる。権を笠に、脅すだけで人が従うと思っては大まちがいぞ」

扇太郎は独りごちた。

「拙者は鳥居家の家臣ではない。犬ではあってもな」

自嘲をこめて、扇太郎はわざと言葉にした。

「飼い犬とて理不尽な扱いを受ければ牙をむく」

扇太郎はしっかりと足を踏み出した。

「榊家は天下の御家人よ。吾が忠義を尽くすとなれば、将軍のみ。もっとも、顔を見たこともない声を聞いたこともない将軍のために、命を投げ出す気はないが、それでも鳥居よりは恩を感じておる」

幕府ができてすでに二百年をこえていた。侍の頭領であった将軍は、江戸城の奥に籠もったまま外へ出ることもなくなり、武は文に抑えられた。

「いざ鎌倉となったとき、果たしてどれほどの旗本御家人が、将軍のもとへ馳せ参じるやら」

代々の禄はもらえるのが当たり前となって久しい。しかし、高騰していく物価に比して、増えることのない禄。薄禄の御家人は年々困窮の度合いを深めていた。本禄よりも内職の収入が多い者、やっていけないと武士の身分を町人に売り渡して、市井に消えていく者と扇太郎の周囲で、武士の面目を保つために剣や槍の扱い方を身につけている者など、まず見つけることはできなくなっていた。

鳥居耀蔵に手紙を渡したとはいえ、しっかり写しは取ってあった。翌日、扇太郎は退屈しのぎに、江川太郎左衛門が注文したものをどう使うのか考えた。

「江川どのが作らせようとしたものだ。蘭学にかかわるものに違いあるまい」

天満屋孝吉に連れて来られた飾り職が描いた絵図を扇太郎はいろいろな方向から見た。しかし、蘭学など心得もない扇太郎に思いつくはずもなかった。

「夕餉を」

「もうそんな刻限か」

いつのまにか日は落ち、暗くなり始めていた。

「豆腐の葛かけ」

膳の上にのせられたおかずを見て、扇太郎は頬をゆるめた。

貧しい御家人にとって安くて栄養のある豆腐は、馴染みのある食材であった。というか、米と豆腐だけという食事が何日も続くことがあった。さいわい朱鷺が来てから、豆腐だけという食事はなくなったが、扇太郎の好物であることはたしかであった。

「いただく」

膳へ軽く一礼して扇太郎は箸を取った。

武家の男女は、食事を共にしなかった。とくに朱鷺は、その出が旗本で扇太郎より上であるとはいえ、今は扇太郎の使用人でしかない。膳は一人前だけ用意され、朱鷺は扇太郎の給仕のために隣りへ控えていた。

「代わりを」

扇太郎が茶碗を突き出した。

「はい」

朱鷺が櫃から飯をついだ。

剣術遣いは飯をよく喰った。一度の食事で米三合は平気で消費した。

「…………」

食事中に口をきかないのも行儀である。黙々と扇太郎は、飯を喰った。

「馳走であった」

「お粗末さまでございまする」

きれいに片づいた膳を見て、朱鷺がほほえんだ。

「白湯を」

朱鷺が少し冷ました湯を出した。

「ああ」

受け取って扇太郎は口のなかを洗うように白湯を含んだ。

「朱鷺、蘭学といえば、なにを思う」

白湯を喉へ落として、扇太郎は問うてみた。

「蘭学……医者」

「蘭方医か」

従来からある漢方に対して、西洋医学を身につけた医師のことを蘭方医と呼んだ。漢方医ではどうにもできなかった病を治したとの評判もあったが、その数は少なく、庶民とはあまり縁はなかった。

「尾張屋には来ていた。下の病気がどうのこうのと」

苦い顔を朱鷺がした。

朱鷺は不思議な女だった。実家の旗本のことはまったく口にしないが、岡場所で遊女をしていたときの話は平気で語った。

「妓をずらりと並べて、股を開かせ、覗きこんだうえに触った」

「…………」

女として耐え難い屈辱だろうと扇太郎も眉をひそめた。

「それで何人かの妓が、下の病と言われた」

「言われた妓はどうなるのだ」

下の病がまぐわうことで伝染ることは、誰もが知っていた。

「なにも」

あっさりと朱鷺が言った。

「なにっ」

思わず扇太郎は声をあげた。

「買われた女に休みはない。ゆっくり寝られるのは、死んだとき」

朱鷺が告げた。

「客に病が伝染ることも気にしておらぬのか」

「もともと客が持って来たもの。いくら岡場所でも病持ちの女を買うことはしない」

感情のない声で朱鷺が述べた。

「そういうものなのか」

「金で買われるとは、牛馬と同じ扱いを受けるということ」

朱鷺の目が暗くなった。

「他にはなにか思いつかぬか」

扇太郎は話をそらした。

「……野礼幾的爾（えれきてる）」

しばらくして朱鷺が呟いた。

「野礼幾的爾か」

聞いて扇太郎も首肯した。

野礼幾的爾とは、平賀源内（ひらがげんない）が作りあげたからくりであった。

「浅草の見せ物小屋で一度見たことが」

扇太郎は思い出した。

安永（あんえい）五年（一七七六）、讃岐（さぬき）出身の学者平賀源内によって、再現された野礼幾的爾の原型は、阿蘭陀（オランダ）からの輸入品であった。

宝暦（ほうれき）元年（一七五一）、長崎出島の阿蘭陀商館長から幕府へ献上された野礼幾的爾は、当初医療器具として使用されていた。

「陰の気を散じ、身体を陽転させ、万病のもとを駆逐する」

完成した野礼幾的爾を、平賀源内はこう宣伝した。

しかし、安永八年（一七七九）冬、金銭のもめ事から二人を殺傷、平賀源内が投獄されたことで、野礼幾的爾の評判は地に落ちた。

獄中で平賀源内が死亡すると、野礼幾的爾は浅草の香具師に引き取られ、見せ物となった。

「取っ手を回すと、ぎやまんの筒が回って、銅線の先から火花が散った。暗いところで見ると、まるで小さな花火のようであった」

「……………」

今度は朱鷺が黙った。

「あっ。すまなかったな」

気づいた扇太郎は詫びた。

まともな旗本の家なら、子女を見せ物小屋などへ行かさないし、岡場所に売られた後は、見世から出歩くことなどできなかった。

「いい」

朱鷺が首を振った。

「下がりまする」

膳を持って朱鷺が台所へと引っこんだ。

「……野礼幾的爾か」

浅草の見せ物としても大人気であった野礼幾的爾だったが、松平越中守定信の諸事倹約令によって公開を禁じられていた。

それでも客を呼ぶことができるため、ときどき浅草や深川など、場末の香具師たちによって短期間の興行は開かれていた。扇太郎が子供の時分に見たのも、それであった。

「野礼幾的爾の部品か」

扇太郎はもう一度、飾り職の描いた絵に目を落とした。

五

翌日、扇太郎は朝から他行した。

「出てくる。後は任せた」

詰所に顔を出し手代たちにそう告げた扇太郎は、屋敷を後にして、浅草へと向かった。

「天満屋はいるか」

浅草寺門前町の天満屋へ入った扇太郎は、顔馴染みの番頭に声をかけた。

「これは、お奉行さま。あいにく主は出ておりまするが、すぐ近くでございまする。呼びに行かせますので、しばらく奥でお待ちくださいませ」

申しわけなさそうに番頭が頭を下げた。

「そうか。じゃ、少し後で来る」

扇太郎は、天満屋を出て浅草寺へと向かった。

浅草寺の歴史は古い。創建ははるか推古天皇の御世までさかのぼった。隅田川で漁をしていた網にかかった黄金の観音像を祀ったのが始まりとされている。平安時代、平安房国守公雅によって七堂伽藍が完成し、今の浅草寺の形となった。江戸に入った家康も浅草寺を信仰し、天正十八年（一五九〇）、寺領五百石を与え徳川家の祈願所とした。寛永八年（一六三一）、十九年（一六四二）と二度にわたって火災に遭うが、三代将軍徳川家光の手によって再建された。

徳川家の厚い保護もあって、浅草寺は発展し、門前に大きな市をなしていた。人が集まれば、店もでき、大道芸人たちも集まってくる。浅草寺門前町は、江戸でも一、二を争う賑わいを誇っていた。

「ひさしぶりに来たな」

近江屋の闕所とか、天満屋孝吉と会うために、浅草までは何度と足を運んでいたが、門前を見てまわるのは、子供のとき以来であった。

浅草の見せ物小屋は将軍家お成りと代参通行のおり、見苦しくてはならぬとの理由から、ただちに撤去できるよう、簡素な造りとなっていた。

ほとんどが木材を紐でくくりつけ、筵を張っただけの構造であった。材木に張りつけた筵のうち、一枚だけが開くようになっていて、その前に男がいて木戸銭を集めていた。

「筑波の山奥から捕まえてきた人食い狼だ。一間（約一・八メートル）をこえる狼なんぞ、まず見ることはできないよ。さあ、寄った寄った」

なかが見えないようにした小屋での見せ物もあれば、

「羽黒山で修行した修験者でござる。さあて、ご覧じろ。この真っ赤におこった炭。このとおり触れさせただけで紙が一瞬で燃えあがる。今から、この炭の上で座禅を組み、無病息災の祈禱をいたす。吾が神通力をご覧あれ。ああ、火除けの札は、一枚十六文のご喜捨でおわけしておる」

人を集めるため、囲いも何もせずに技を見せる大道芸人もいた。

「野礼幾的爾は出てないか」

一通り門前を歩いた扇太郎は目当てのものがないことにため息をついた。

野礼幾的爾の見せ物には二つあった。一つが扇太郎の経験した暗いところで発光を見るもの。もう一つは、野礼幾的爾から出た銅線の両端を客に握らせ、しびれる感覚を与えるものだ。こちらは、少しでも客を呼ぶために、小屋のなかではなく、大道でおこなう。同時に数人手をつながせてやることもあり、腰の痛みや肩の凝りが治ると喧伝(けんでん)しているときもあった。

「旦那、いなり寿司はいかがで」

「もらおうか」

扇太郎は金を払っていなり寿司を受け取った。木耳(きくらげ)、干瓢(かんぴょう)などを刻んだものを油揚げで包み五つで十六文と、普通の握りが一個六文から二十文するのに対し、かなり安価で腹の膨れるものである。

かつて武家は外食をしなかった。いや、外出すらほとんどしなかった。もともと有事に即応するのが武士の務めである。陣触れ太鼓が鳴らされれば、即座に鎧兜(よろいかぶと)をつけ、大手門前へ集まらなければならないのだ。外出などをしていて、出遅れれば末代までの恥辱となった。いや、下手すれば家を潰される。しかし、それも泰平が続いたお陰で崩れた。幕府から与えられた屋敷を他人に貸して、己は町屋に住んでいる御家人もいる。幕府の規律は弛(ゆる)みきっていた。

「寿司屋」

「へい」

いなり寿司を笹の上に五つずつ並べながら、寿司屋が返答した。

「最近、野礼幾的爾を見てないか」

「野礼幾的爾でござんすか」

寿司屋が警戒の表情を浮かべた。

「心配するな。天満屋の知己だ」

寿司を手にしながら、扇太郎は言った。

「親方の。それはお見それいたしやした」

あわてて寿司屋が詫びた。

「で、どうだ」

もう一度扇太郎は問いなおした。

「昨年の暮れには出てやしたよ。もっとも野礼幾的爾は、御上からやっちゃいけねえとお達しが出てやすから、出てもすぐに閉めてしまいやすが」

寿司屋が述べた。

「そうか。ありがとうよ」

食べ終わった扇太郎は礼を言って、屋台を後にした。

天満屋は昼前というのもあってか、客で混雑していた。

「お奉行さま」

めざとく扇太郎を見つけた番頭が、近寄って来た。

「お奉行さまはよせ」

扇太郎は苦笑した。客のほとんどが、扇太郎へ目を向けていた。奉行というだけで、幕府の役人だとわかるのだ。

「これは心づかぬことを」

番頭があわてた。

「榊でいい」

「では、榊さま、主がお待ちいたしております。どうぞ、奥へ」

先に立つ番頭の後へ扇太郎は従った。

「呼び返して悪かったか」

居間で待っていた天満屋孝吉に、扇太郎はまず詫びた。

「いえいえ。お気になさらず」

天満屋孝吉が笑いながら手を振った。

「で、何かございましたか」

すぐに天満屋孝吉が用件に入った。

「野礼幾的爾を見たい」

隠さず、扇太郎は直截に言った。

「……野礼幾的爾でございまするか」

天満屋孝吉が腕を組んだ。

「そこで訊いたら、去年の暮れまで出ていたそうじゃないか」

「お調べずみでございますか。さすがはお奉行さま」

苦笑しながら天満屋孝吉が褒めた。

「隠すつもりはないのでございまするが……野礼幾的爾は……」

「ご禁制だというのだろう」

「はい。今まではお目こぼしがあったので、あまり気にしてはいなかったのでございますが、近江屋の闕所で……」

「持ち主が怖じ気づいたか」

扇太郎は気づいた。

「はい」

天満屋孝吉が首肯した。

「それにお奉行さまは、お目付鳥居さまの紐付きでいらっしゃいますからな」

遠慮なく天満屋孝吉が指摘した。

「……そのとおりには違いないが、嫌なことを言いやがる」

頬を扇太郎はゆがめた。

「鳥居さまは、下々のことなどお考えではございませぬ」

「たしかにな。鳥居どのにあるのは、幕府を護ること、儒学を奨めること。その二つだけだからな」

幕臣としてならば、鳥居耀蔵の考えは正しかった。

「その鳥居さまが野礼幾的爾が市井にあることを許されるとでも」

天満屋孝吉が詰問した。

「野礼幾的爾は、かなり高価なものなのでございまする。それこそ、何十両という金が」

きびしく天満屋孝吉が続けた。

野礼幾的爾の製造が、寛政の改革で禁じられたこともあり、値段はかなり高くなっていた。

「所持で捕まることはないと思うぞ」

扇太郎は安心させるように言った。

「なにせ、上様もお持ちだからな。もっとも、現物をご覧になったことなどおありにはならぬだろうが。富士見のご宝蔵に納められているはずだ」

小人目付の仕事には城中宝物の監視もあった。

「口外しないとは言われませぬので」

「嘘をつきたくはないからな。今、鳥居どのに睨まれるのはつごうが悪い。それこそ命にかかわる」

鳥居耀蔵の配下として、扇太郎は数年使われてきた。とくに闕所物奉行へ転じる前の数カ月は、家臣以上に酷使されたのだ。鳥居耀蔵の性格や、やりかたを扇太郎ほど知っている者はいなかった。

「見せてくれればいい。持ち主の顔も名前も知らなくていい。そうすれば、あるということ以外報告のしようがない」

扇太郎は抜け道を語った。

「……承知しました。他ならぬお奉行さまのお頼みでございまする。呼びましょうほどに。仁吉、ちょっと来ておくれ」

許可した天満屋孝吉が配下を呼んだ。

「虚空蔵を呼んできておくれ。野礼幾的爾を持ってくるようにとね」

「へい」

仁吉が出ていった。

「ところでお奉行さま、あれを調べてどうなさるおつもりで」

「決めちゃいない。今のところ鳥居どのからなにも命じられてはいないしな」

すなおに扇太郎は答えた。

「江川太郎左衛門さまといえば、韮山の代官さまで、そのうえ老中水野越前守さまのお気に入り。うかつに手出しをしてはよくないのではございませぬか」

天満屋孝吉が懸念を表した。

「任とはいえ、手紙を鳥居どのへ預けたからな。このままじゃ寝覚めが悪いだろう。江川どのとは、まんざら知らぬ仲ではないしな」

「律儀な」

聞いた天満屋孝吉があきれた。

「なによりたいせつなのは、己が生きていくことだ。死んでしまえばそれまでとはいえ、せいぜいいい思いをしたいと考えるのは当然であろう。だから吾は引きあげてくれた鳥居どのにあるていど従う。ただ、その結果知っている誰かの身に何かあれば、気が悪いではないか。まったく知らぬ、顔をも見たことのない奴だったら、どうなろうとも気にしないが、一度でも言葉を交わした知人となれば、話は別よ」

「真正直なことを言われる」

「心配するな。そのなかには、天満屋、おぬしも入っている」

嘆息する天満屋孝吉へ、扇太郎は宣した。

「それは身をもって知っておりまするとも」

天満屋孝吉がうなずいた。

縄張りを巡っての争いで刺客に狙われた天満屋孝吉の命を、扇太郎は助けていた。

「お呼びだそうで」

そこに虚空蔵が顔を出した。

「持って来てくれたかい」

「へい」

虚空蔵が大事に抱えていた箱を降ろした。

天満屋孝吉のことを信用しきっているのだろう。虚空蔵は扇太郎を気にすることなく、野礼幾的爾を取り出した。

「わたしじゃなくて、こちらへお渡ししてくれ」

「へい」

迷わず虚空蔵が、野礼幾的爾を扇太郎の前に置いた。

「使い方を教えてくれ」

扇太郎は頼んだ。

「使い方は簡単で。まず、この結んである銅線を解いて、触れ合わないように離してくださいまし」

ていねいな口調で、虚空蔵が説明した。

「あとは、この取っ手を回していただければ」

「そうか」

取っ手を回した扇太郎は、意外と重いことに気づいた。

「早く回せば、回すほど、野礼幾的爾の威力は高まりまする」

虚空蔵が教えた。

「で、野礼幾的爾の力は、この銅線の先から出ますので、うかつにお触れになられませんように」

「ああ」

取っ手を回すのを止めた扇太郎は、銅線の先を見た。

「この太さは……」

ふと扇太郎は思いあたった。

急いで、飾り職の描いた絵図を取り出した。

「この中央の穴は、この銅線が入るところではないか」

扇太郎の指さす先を、天満屋孝吉、虚空蔵が覗きこんだ。

第三章　倹約の歪

一

かつんかつんと引き出しの鐶（かん）を鳴らして、暑気あたりの薬売りが歩いていた。

「暑気あたりの薬いい。暑中の妙薬うう」

間延びする売り声が、より一層暑さを感じさせた。

「うるさいな」

屋敷の居間で午睡をしていた榊扇太郎は、文句を言った。

「寝てられねえ」

扇太郎は、昼寝をあきらめて起きあがった。

「もういいぜ。ありがとうよ」

枕元に座り団扇（うちわ）で扇いでくれていた朱鷺へ、扇太郎は礼を言った。

「………」

無言で朱鷺がほほえんだ。

「麦湯をいれてくれるか」

「はい」

朱鷺が台所へと向かった。

単衣(ひとえ)の着物に焚(た)きしめている香が、扇太郎の鼻をくすぐった。

「長く抱いていないな」

扇太郎は久し振りに欲情を感じた。

行水する朱鷺の乳房に残った傷を見て以来、とても房事をおこなう気にならず、何日も扇太郎は朱鷺と閨(ねや)を共にしていなかった。

「態度は変わらぬが、朱鷺は気にしておるのだろうな」

扇太郎は嘆息した。

朱鷺の素性は複雑であった。血筋としては、八十俵三人扶持の御家人でしかない扇太郎よりはるかに上である。

朱鷺は、旗本百八十石屋島伝蔵(やしまでんぞう)の長女であった。旗本としては少禄だが、将軍へ目通りもできない御家人の榊家とは、格が違った。婚姻をなすどころか、口を利くことさえないはずであった。

その朱鷺が、扇太郎のもとへ来たのには理由があった。

貧しかった実家を助けるため、岡場所へと身売りした朱鷺の属していた音羽桜木町の遊女屋が、騒動を起こし闕所となったのだ。

闕所は、すべての財産を取りあげる。家屋敷はもとより家財すべてが収公される。闕所の対象に遊女も入っていた。

人が財産となる。

本来人身売買は重罪である。かといって身売りでないかぎり、自ら遊女になろうという女はまずいない。女を売り買いすることで利益を受ける女衒たちは、抜け道を編みだした。奉公証文である。遊女たちを年限を切った奉公としたのだ。奉公期間を十年などにして、その間の給与を先払いしたとの形をとったのだ。

給与の先払いは、いわば借金と同じである。奉公証文に記された金額から務めた期間を引いた残高が、財産として闕所の対象となった。

闕所で集められた商品、家屋敷、借財証文などは、入札の資格を持つ商人たちによって買い叩かれ、現金として闕所物奉行へと納められる。

いつの時代でも役人と商人、利害のかかわる間柄に、不正はついてまわる。

られたのであった。

朱鷺は、競り落とした天満屋孝吉から、尾張屋闕所の分け前として榊扇太郎へ押しつけ

当初扇太郎は、朱鷺を受け入れなかった。女中として雑用をさせてはいたが、女として見ていなかった。あきらかに天満屋孝吉の紐付きとわかっていたからである。天満屋孝吉は、女をつうじて扇太郎を縛ろうとした。闕所物奉行を懐にとりこむのは、かなり大きい。入札とはいいながら、闕所には見積もりに出た商人が落札するとの慣例があった。そして見積もりに誰を連れていくかは、闕所物奉行の胸先三寸で決まった。屋敷に受け入れておきながら、朱鷺を抱こうとしなかった扇太郎は、天満屋孝吉に叱られた。

「死なせるつもりですか」

遊女に身を落とした旗本の娘に、居場所などどこにもなかった。娘が岡場所に身売りしたなどと、目付に知れれば家が潰れた。家のために遊郭へ落ちた娘を親兄弟は見捨てるどころか、死んだことにして籍を抜いてしまうのだ。

朱鷺は天涯孤独であった。

「よろしゅうございますか、妓となった女の価値は、閨にしかないのでございますよ。抱かれることで女は、ようやく己（おのれ）の居場所を得るのでございます」

世間知らずの扇太郎に、天満屋孝吉は説明した。

それでも扇太郎は、なかなか朱鷺に手を出さなかった。さすがに吉原通いをするだけの金はなかったが、富岡八幡宮の門前にある岡場所へ行ったこともある。女が欲しければ、後腐れのない遊女を抱けばいいと考えていた。

しかし、尾張屋闕所に絡む事件で襲われた朱鷺を守ったとき、扇太郎のなかで大きな変化が起こった。

人を斬った衝撃をぶつける相手として女を欲したのもある。それ以上に扇太郎は、居場所をなくして、死を迎え入れようとしていた朱鷺が愛しくなったのだ。

「どうぞ」

端の欠けた盆に朱鷺が麦湯を持って帰ってきた。

「ああ」

薬缶に入れ、井戸へと吊るして冷やした麦湯は、扇太郎の口を洗ってくれた。

「朱鷺」

一気に飲み干した湯呑みを盆へ戻して、扇太郎は呼んだ。

「……………」

生来の性質なのか、岡場所で人として扱われることのなかった日々の影響なのか、朱鷺はほとんどしゃべらない。ほんの少し朱鷺が肩を震わせた。

「怖かっただけか」

何日も女として欲していないにもかかわらず変わらぬ朱鷺の態度に、ようやく扇太郎は答えを見つけた。朱鷺の乳房の傷が、己を責めていると思いこんでいたことに扇太郎は気づいた。己で己を追いつめていただけで、朱鷺は、まったく気にしていない。いや、扇太郎の欲望を受けなくなったことに朱鷺も不安になっていると悟った。

「それだけ気に入っているということか」

無言で首をかしげた朱鷺へ、扇太郎は命じた。

「日が翳(かげ)ったら、庭へ打ち水をな。少しは涼しくなるだろう」

「…………」

黙って朱鷺が首肯した。

「今宵は、ここで休め」

「……はい」

扇太郎の言葉に、頬を染めて朱鷺がうつむいた。

かなりの重罪でないと闕所はおこなわれない。また天領における闕所は、代官あるいは郡代の任であり、闕所物奉行の管轄は江戸城下だけにかぎられた。

それほどの重罪が再々起こることもないし、犯罪を犯した者に財産がなければ、闕所物奉行の出番はなかった。百万ともいわれる人を抱える江戸の治安を維持する町奉行や、八百万石の金を預かる勘定奉行などに比して、じつに闕所物奉行は閑職であった。

「早いの」

朱鷺のなかへ存分に精を放った翌朝、扇太郎は詰所へと顔を出した。

「おはようございまする」

手代たちが、そろって挨拶を返した。

「暑いな」

扇太郎は、襟元をくつろがせ、手で扇いだ。

「雨でも降ってくれると、少しはましになるのでございまするが」

手代の一人が同意した。

「今日の仕事はどうなっておる」

「近江屋闕所の後始末だけでございますれば、すでにおおかたは終わっておりまする」

機嫌よく別の手代が答えた。

「なかなかいい思いをさせてもらったの」

笑いながら扇太郎は言った。近江屋の闕所で、鳥居耀蔵の仇敵、蘭学者江川太郎左衛門にかかわるものが出て来ていた。それについて扇太郎はなんの命も受けてはいないが、このまま済むはずはなかった。といったところで、手代たちには、関係はない。

「でございましたな」

手代たちもうなずいた。

落札した天満屋孝吉から差し出された分け前を、扇太郎は半分取り、残りを手代たちへ配っていた。

「用はないのだな。よし、もう帰っていいぞ」

扇太郎は言った。

「さきほど参ったばかりでございまするが」

古参の手代大潟が、告げた。

「することもないのに、居ても仕方あるまい。なにか急用でもあれば、呼び出すゆえ、長屋で身体を休めておけ。暑気あたりにでもなっては、かえって面倒になる」

手を振りながら扇太郎は手代たちを追いたてた。

「では、遠慮なく」

手代たちが帰宅の準備に入った。扇太郎は、手代たちを役所へ縛りつけておく気はなかった。

「ご新造さまとお二人、お邪魔しては申しわけございませぬでな」

大潟が、笑いを浮かべた。手代たちは朱鷺のことをご新造さまと呼んで、扇太郎の妻と扱っていた。

「さっさと帰れ」

扇太郎は怒鳴りつけた。

手代たちがいなくなれば、扇太郎にすることはなくなる。扇太郎は表門を閉めに行った。本来ならば門番の小者を雇い入れていなければならないが、禄米給付の御家人では、それだけの金を出せなかった。

門というには、小さな表戸へ手をかけた扇太郎は、近づいてくる人影に気づいた。

「天満屋か」

「お奉行さま、もう終わりでございまするか」

やってきたのは、天満屋孝吉であった。

「まだ朝のうちでございますよ」

天満屋孝吉があきれた。

「することがないのにか」

扇太郎は門を閉めるのをあきらめた。

「まあ、入れ」

先に立って、扇太郎は屋敷へ戻った。

「天満屋が来た。麦湯を出してやれ」

「はい」

朱鷺の返事が聞こえた。

「で、この暑いのに、なんだ」

居間に座るなり、扇太郎は問うた。天満屋孝吉とは昨日野礼幾的爾（えれきてる）のことで会っていた。そのときなにも言っていなかったのだ。急用だと扇太郎は悟った。

「ちょっと嫌な噂を耳にしたもので」

真顔で天満屋孝吉が言った。

「嫌な噂だと」

「はい。町奉行所が出張る用意をしているというのでございまするが」

「別段おかしなことではなかろう」

扇太郎は首をかしげた。

江戸の治安を一手に引き受けている町奉行所である。ちょっと大きな捕り物とかがあれば、与力以下同心小者が一度に出張ることに不思議はなかった。

「南北両町奉行所が、そうだとしても」

天満屋孝吉が表情を引き締めた。

「なんだと」

思わず扇太郎は驚きの声を漏らした。

町奉行所は南北の二つに分かれていた。南北の奉行所は、一カ月交代で訴訟や犯罪への対応をおこない、由井正雪(ゆいしょうせつ)の乱などの謀叛、あるいは江戸中を巻きこむ大火などでなければ、同時に出役することは滅多になかった。

「大捕り物だな」

「……でございましょうが」

歯切れの悪い天満屋孝吉に、扇太郎は問うた。

「なにか摑んでいるのか」

「ではなく、まったく摑めないのが気になるのでございますよ」

天満屋孝吉が言った。

浅草の顔役として縄張りを持つ天満屋孝吉は、南北両町奉行所にしっかりとした伝手(つて)を作っていた。

「南の同心谷垣さまも、北の与力中山さまも、おまえには関係のないことだから、案ずるなの一言だけで、詳細を語ってくださいませぬ」

「町奉行直々の箝口だな」

小人目付をしていた扇太郎は、町奉行所のことにも精通している。

町奉行所の与力、同心は幕臣のなかでも特殊であった。代々町奉行所に属し、他へ転ずることはまずないのだ。いわば、町奉行ではなく、町奉行所に付属している。おおむね与力で二百石、同心は三十俵二人扶持ともめ事を嫌う大名家や商人たちからの付け届けがなければ、手下と呼ばれる岡っ引や下引を使うこともできない薄禄であり、よほどでなければ、出入りの町人の求めに応じるのが普通であった。

「天満屋にかかわりないと明言したならば、浅草以外での捕り物か、あるいは武家相手だな」

「ですが、お武家さまは、町奉行所の管轄じゃございませんよ」

「浪人は、町奉行所の担当だぞ」

たとえ両刀を差していようとも、主家を失った浪人は、町人と同じであり、町奉行所の扱いとなった。

「謀叛でございましょうか」

天満屋孝吉が苦い顔をした。

庶民にとって、天下の主が誰になろうとも関係なかった。どれだけきれいごとを口にしても、搾取するのは同じなのだ。天満屋孝吉が嫌がったのは、火事であった。火事を起こすことで騒動を起こし、その隙を突いて、将軍や老中を討とうと考えるからか、謀叛を起こす者は、皆おしなべて江戸城下に火を放とうとした。

「この天保の御世に、謀叛を起こすだけの肚がある者はおるまい」

扇太郎は否定した。

関ヶ原から二百三十年以上経っている。武士から気概は抜けおち、大名には金がなかった。

「訊いてみよう」

「お願いできまするか」

「最初からそのつもりであったろうが」

頼む天満屋孝吉に、扇太郎は苦笑した。

「これはこれは」

ようやく天満屋孝吉が笑った。

「はあ。顔を合わせたくはないのだがな。しかたあるまい。ことと次第によっては闕所もありえるのを理由とするしかないな」

扇太郎は露骨に嘆息した。

「難物でございますからなあ、あのお方は」

天満屋孝吉も同意した。

「朱鷺」

「はい」

ずっと部屋の隅で控えていた朱鷺へ、扇太郎は声をかけた。

「日が暮れる前に、出かけてくる。裃(かみしも)の用意を」

「はい」

すっと朱鷺が出ていった。

「よい顔をするようになりましたな」

見送った天満屋孝吉が述べた。

「押しつけておいて、よく言う」

扇太郎は皮肉を返した。

「いやいや。刀が一つの鞘にしか入らぬよう、人も添う相手が産まれたときから決まっておるのでございまするよ」

「運命(さだめ)にしては、朱鷺は苦労しすぎてないか」

「なにをおっしゃる」

顔の前で天満屋孝吉が手を振った。

「人が幸せだったかどうかは、棺桶に蓋(ふた)をするとき決まるものでございますよ。そのとき二人以上が泣いてくれれば、よい一生だったので」

「二人か……」

ふと扇太郎は考えた。

「姉は、吾が死んでも悲しんでくれまい」

「少なくとも朱鷺と、わたくしは泣かせていただきますよ」

「吾より長生きするつもりか」

扇太郎はあきれた。天満屋孝吉は、扇太郎よりかなり歳上であった。

「天寿全うとなれば、わたくしが先に参りましょうが……お奉行さまもわたくしも臑(すね)に傷のある身。どちらが先になどわかりませぬ」

「それもそうだな」

巻きこまれた結果とはいえ、何人もの人を扇太郎は斬り殺していた。

「畳の上で死にたいなど、贅沢すぎるか」

扇太郎は呟いた。

二

日暮れ前に扇太郎は屋敷を出て、鳥居耀蔵を訪ねた。

国学の総本山、林家から旗本鳥居家へ養子に出た耀蔵は、蘭学をなにより危険な思想として警戒していた。その鳥居耀蔵と江川太郎左衛門の二人に、幕府は巡見を命じた。国学と蘭学、両端から調査をさせようとの意図でだったが、鳥居耀蔵は、我慢がならなかった。攻めてくる黒船は蘭学の本場から来ているのだ。鎖国のお陰で、かなり遅れている蘭学の知識を、黒船から受け取りたい江川太郎左衛門らは、本気で海防など考えていない。どころか黒船を迎え入れ、その力を以て幕府を倒そうとしている。

そう考えた鳥居耀蔵は、配下である扇太郎に江川太郎左衛門らの行動を見張らせた。扇太郎は、江川太郎左衛門に張りつき、起床から就寝まで片時も目を離さず、逐一を鳥居耀蔵へ報告した。その縁で、扇太郎は小人目付から闕所物奉行へと引きあげられた。

「お目付さまは、お戻りか」

鳥居家の潜り戸を扇太郎は叩いた。

「これは、榊さま。今夜はお戻りでございますよ」

潜り戸を幸造が開けてくれた。

「お目にかかれるか」

「聞いて参りましょう」

幸造が玄関へと向かった。

玄関から怒鳴れば、本人が出てくる榊のような貧乏御家人と二千五百石の鳥居家ではなにもかも勝手が違った。幸造がまず、玄関脇の小部屋で控えている取次の若党へ用件を伝え、若党から用人、用人から鳥居耀蔵へと段階を踏む必要があった。

小半刻（約三十分）以上待たされて、ようやく扇太郎は、玄関脇の供待ちへ通された。

「やっと来おったか」

出て来た鳥居耀蔵が、立ったままで言った。

「闕所物奉行などという閑職にきさまをつけたのは、遊ばせておくためではないぞ。闕所という人の欲望の固まりである財産を取り扱う役目にすることで、江戸市中の動きを探らせるため。それを忘れてどうするか」

「はっ」

怒鳴られて扇太郎は頭を下げた。

「いかに、そなたが持ちこんだ近江屋の手紙がきっかけとはいえ、もうあと三日遅ければ、捨てているところだ」

鳥居耀蔵が吐きすてた。

「町奉行所の準備は……」

「儂から水野さまへ献策した結果じゃ」

誇らしげに鳥居耀蔵が胸を張った。

「蘭学者どもを一網打尽にする」

「…………」

かろうじて扇太郎は声を出さなかった。

「海防の巡見を終え、儂から出した報告は、江川太郎左衛門どもによって、採用されることなく破棄されてしまった」

二カ月をかけた調査だったが、長崎で阿蘭陀式測量を学んだ高野長英らから伝えられた江川太郎左衛門の正確な結果は、棒と縄を使って海岸線を直接計って歩く鳥居耀蔵の旧式のやり方を凌駕し、幕府は蘭学測量を採用した。敗北した鳥居耀蔵は、調査役に推してくれた水野越前守忠邦に恥を掻かすこととなった。

「蘭学かぶれどもに、騙されておるのだ。幕閣は」

鳥居耀蔵が述べた。

「この国には、古来から伝わる知恵がある。思い出してみよ。かつてこの国を襲った国難を」

「国難でございまするか」

なんのことか、扇太郎にはわからなかった。

「わからぬのか。鎌倉の末期にあった蒙古襲来じゃ」

「はあ」

あまりに古すぎる譬(たと)えに、扇太郎は生返事をした。

「あの未曽有の国難をも我が国ははねのけたのだ。あのときの蒙古は、唐全土はおろか、南蛮(なんばん)の地まで手に入れた一大強国であった。その侵攻を我が国は防いだのだ。もちろん、侍たちの奮戦があってこそである。それがあればこそ、神風は吹いた」

「神風でございまするか」

扇太郎は聞く気を失っていた。

「そうじゃ。我が国は天照大神さまを始めとし、神々のいましところ。夷狄(いてき)の手出しできるものではない」

「ならば、湾岸の調査など不要ではございませぬか」

「たわけめ。先ほど申したであろう。神風は侍の奮戦があって初めて吹いたと。同じじゃ。神は自ら助ける者を助く。なにもせずに待っているだけの者を神は救ってはくださらぬ」

「さようでございまするか」

神を出されては、反論のしようがなかった。

「だが、蘭学はいかぬ。あやつらは、異国の神を奉じ、我が国古来の神を軽んじる。これでは、神々は手助けをしてくださらぬ。かつての蒙古襲来のように、夷狄の侵略をはねのけるには、国学を唯一無二とし、一つにならねばならぬのだ」

「それで江川どのらを」

「うむ。捕らえて謀叛の計画を白状させるのだ」

「謀叛……」

さすがの扇太郎も驚愕した。

幕府においてもっとも重い罪が謀叛であった。八代将軍吉宗によって停止させられた庶民の連坐も謀叛にかんしては、別であった。武士であれ庶民であれ、一族郎党までが罪に問われた。

「白状いたしますか」

「せずともよい。証拠さえあればな」

「証拠……」

扇太郎は、鳥居耀蔵の真意を悟った。

「蘭学の徒の屋敷を闕所となし、そのすみずみまでを暴き、謀叛の証拠を探し出せ。よいな」

「お目付さま。仰せは承知いたしましたが、すでに町奉行所が動くとの噂は市中で広まっておりまする。蘭学者たちは、捕縛に備えて、証拠となるものを処分いたしておりましょう」

暗に無理だと扇太郎は言った。闕所物奉行は、町奉行所の判決が下ってからでないと動くことができなかった。

「当然であろうな。蘭学者どもは、今ごろ必死で証拠の隠滅をはかっておろう」

鳥居耀蔵がうなずいた。

「ならば……」

「しかし、人のやることには、かならず穴がある」

「町奉行所の捜索もございまする」

「ふん。商人どもから金をもらって、贅沢をするしか能のない町方になにができるというのだ。なにより、町奉行所では屋敷を壊してまで探すまい。しかし、闕所物奉行はそれができる。闕所となった屋敷にあるものは、すべてそなたの管轄となるのだ。どのようにしようとも、許される」

「……………」

扇太郎は黙るしかなかった。

「榊」

「はっ」

名前を呼ばれてはしかたないと、扇太郎は応じた。

「すでに越前守さまにはお話しをしてある。蘭学者どもには、謀叛の気配ありということで、格別に町奉行の捜索が終わったあと、闕所物奉行による見積もりをおこなえ」

「罪があきらかになる前にでございまするか。それは、お定めに反しまする」

扇太郎は反対した。

幕府は前例と慣例で動いている。慣例に従ってさえいれば、咎めを受けることはなかったが、踏み出すと手痛いしっぺ返しを喰らった。

「そのようなことで、緊急の御用に対応できると思うか」

きびしく鳥居耀蔵が叱った。

「ですが……」

「幕府が異国に侵され、大きく揺らぎかけておるのだ。いわば天下分け目の関ヶ原と同じ重さの岐路に立っておる。この一大事に、きさまごとき軽輩の無事などどうでもよい。いや、進んで身を捧げてこそ、幕臣であろう。重代なにもせず禄米を頂戴してきたご恩を返すときは、今を除いていつあるというのだ」

「………」

叱りつけるような鳥居耀蔵に、扇太郎は沈黙するしかなかった。

「江川の屋敷は伊豆、渡辺崋山は田原（たはら）藩士、闕所の対象とはならぬ」

「では、どこを」

「町医者の高野長英ぞ。あやつは尚歯会の中心でもある。長崎留学の経験もあり、蘭学の巨魁（きょかい）高島秋帆とも面識がある。攻め口として十分だ」

「高野長英でございまするか」

名前くらいしか知らない相手であった。扇太郎は繰り返した。

「わかったならば、帰れ。儂は忙しいのだ」

言うだけ言って、さっさと鳥居耀蔵は、奥へと引っこんだ。

鳥居屋敷を出て、一筋曲がるまで扇太郎は無言だった。

「人をなんだと思ってやがる」

扇太郎は吐きすてた。

「ご恩返しに犠牲となれだと。ふざけたことを。だったら、己がすればいい話ではないか」

歩きながら扇太郎は続けた。

「なにが幕府の揺らぎだ。己の出自である国学が、蘭学に負けた恨みではないか。戦国のころ、刀槍と弓矢しかなかった我が国へ、鉄砲をもたらしたのは南蛮であろう。その南蛮の鉄砲を使って、神君家康さまは天下を取られた。鉄砲を夷狄の道具と拒まれてはおらぬ。いわば、徳川の祖家康さまが異国を受け入れておられるのだ。それを、拒んで陥れようなど、家康さまのお考えに反するではないか」

扇太郎の興奮は冷めなかった。

「勝てなかったなら、もう一度勝負を挑めばよいだけの話ではないか。剣でも同じ。負けたならば、修行を積んで次に勝つ。それになぜ思いあたらぬのだ」

不満は扇太郎の口からあふれていた。

「かといって、従わぬというわけには行かかぬ」

文句を口にしたことで、少し扇太郎は落ちついた。

「目付の権限は強力だ。目付に睨まれれば、無事ではすまぬ」

扇太郎はうなった。

「たかが八十俵とはいえ、先祖が血で購(あがな)った禄。それに捨ててしまえば、明日から喰うに困ることとなる」

闕所物奉行となったお陰で、榊家の経済は好転した。累代の借金が消えたわけではないが、少しならば貯えもある。

「養わねばならぬ者もできた」

はかなげな朱鷺の姿を扇太郎は思った。

「親に売られ、務めていた見世(みせ)は闕所となった。二度も居場所を失った女を捨てることはできぬ」

毎日毎夜どころか、刻(とき)ごとに別の男と情を交わす。女にとってこれほど辛いことはなかった。屋敷へ来た当初は、死んだような目をしていた朱鷺が、ようやく、一人の男と臥所(ふしど)を共にすればいい状況を得て、感情を見せ始めたのだ。

「やるしかないが……なんとか江川どのへは累(るい)を及ぼさぬようにせねばならぬな。江川どのの人柄の好ましさのためではない。江川どのは水野さまとかかわりがある。うかつに手出しをすれば、目付といえども吹き飛ぶ。そのとばっちりはごめんだ。雲の上の争いなんぞ知ったことか」

水野越前守忠邦と鳥居耀蔵の間に深い溝があることを扇太郎は感じていた。

「なにはともあれ、高野長英を調べねばならぬな」

屋敷へ戻るのを止め、扇太郎は浅草へと道を変えた。

三

すでに夜五つ（午後八時ごろ）を過ぎ、浅草寺の大門（おおもん）は閉じられていた。扇太郎は浅草寺を右手に見ながら、田圃（たんぼ）のあぜ道を進んだ。

前方には赤々とした灯（あか）りがあった。

御免色里吉原（よしわら）であった。

明暦（めいれき）の火事で全焼し、葺屋（ふきや）町から浅草田圃へと移転させられた吉原は、至便さを失った代わりに、昼夜営業の許可を得た。

扇太郎は真昼を思わせるほど明るい吉原へ足を踏み入れた。

吉原には、他の岡場所にいるような客引きがいなかった。もっとも見世の近くに行けば、忘八（ぼうはち）と呼ばれる男衆がいて、客に揚がっていくよう誘いはかけたが、腕を摑んで引きこむようなまねはしない。

これは馴染みという吉原独自の決まりによった。

幕府開闢（かいびゃく）から今まで、江戸は男の町であった。天下の城下町として拡がり続ける江戸には、大工を初めとした職人や、日常のものを売り買いする商人が大量に入り用であった。さらに参勤交代で江戸へ出てくる侍は、基本単身でやってくる。当然、女が不足することになる。嫁を貰（もら）える幸運な男は一握りで、ほとんどの者は独り寝の寂しさに耐えなければならなかった。そこで吉原は、廓（くるわ）に来ている間だけでも夫婦の機微を味わってもらおうと、客の男と遊女を固定したのだ。客は一度呼んだ女以外と遊ぶことは御法度（ごはっと）とされ、何年経とうとも同じ見世にしか揚がることができない。となれば客引きは無意味であった。

馴染み客を待って、格子に張りついている遊女たちを横目に見ながら、扇太郎は、吉原を貫く仲之町通りを右へ折れた。

「邪魔するぞ」

扇太郎は西田屋の暖簾（のれん）を潜った。

「お出でなさいやせ。こりゃあ、榊さま」

下足番をしている忘八が、扇太郎に気づいた。

「きみがててては、居るかい」

　扇太郎が訊いた。

　きみがててとは、遊女たちの父親との意味であり、代々吉原惣名主を務める西田屋甚右衛門の別名であった。

「へい。ちょいとお待ちを、報せて参りやす」

　身軽に忘八が見世の奥へと消えた。

　忘八は見世の雑用をこなす男衆である。しかし、その実態は吉原の盾であった。世間と隔絶された吉原に住む者は、無縁とされた。人別を抜かれ、人としての扱いも受けられなくなった。

　代わりに俗世での罪いっさいを問われない。人を殺していようが、盗みを働いていようが、吉原へ逃げこんでしまえば、捕吏は手出しできなくなった。

　吉原の忘八のほとんどが、臑に傷を持っていた。その傷を塞いでくれるのは吉原だけである。忘八たちは吉原を守るためには命も惜しまない剽悍な者の集まりであった。

「どうぞ、ててがお待ちで」

　すぐに忘八が戻ってきた。

「すまぬな」

忘八の後へ、扇太郎は続いた。

吉原一歴史の古い見世でありながら、西田屋甚右衛門の居室は質素であった。

「これはお珍しい」

西田屋甚右衛門が、上座を譲った。

「不意に悪いな」

言いながらも平然と扇太郎は上座へ腰を下ろした。

「おい、酒をな」

「へい」

案内してくれた忘八が下がった。

「なにかございましたか」

西田屋甚右衛門が訊いた。

「町奉行所が総出役の用意をしていることは知っているな」

「ご存じでしたか」

さすがだと西田屋甚右衛門が首肯した。

「有り様は、今朝方天満屋孝吉から教えてもらったのだがな」

扇太郎は白状した。

「正直な。こういうときは、鷹揚に構えておられればよろしいのでございますよ。そうすれば、相手が勘違いしてくれまする」

苦笑しながら西田屋甚右衛門が言った。

「おぬしと天満屋にしか、漏らさぬ」

「それはそれは。おそれいりまする」

西田屋甚右衛門が、頭を下げた。

先祖が徳川家康に目通りし、御免色里の許しを得たとはいえ、西田屋甚右衛門は吉原の住人である。金と女で町奉行を始めとする役人を牛耳っていても、身分は町人よりも低い。御家人とはいえ、扇太郎の言葉は、ありえていいものではなかった。

「今、鳥居どのがもとへ行って参った」

「お目付さまの……なるほど。なにか命じられましたな」

すぐに西田屋甚右衛門が理解した。

西田屋甚右衛門と扇太郎の出会いは、吉原を公許の遊郭としている家康の御免状を巡る争いであった。御免状を水戸家に奪われた吉原は、その意のままに動かざるを得なかった。吉原は、水戸家にとってつごうの悪いことを知った朱鷺を殺すため、扇太郎の屋敷へ忘八衆を送りこんだ。それを扇太郎は返り討ちにした。そのあと吉原が水戸家から離れるにあたって協力した扇太郎は、西田屋甚右衛門と盟友の契りを結んだ。

「蘭学者狩りだそうでございますな」

忘八が持って来た膳を、西田屋甚右衛門が勧めた。

「そこまで知っていたか」

扇太郎は、目を剝いた。

「男は誰も女の前ではよい格好をしたがるものでございまして。まだ誰も知らないことに己はかかわっているとみえをお張りになりたいようで、町奉行所の皆様方が、妓どもへおしゃべりくださいまして」

西田屋甚右衛門が笑った。

「吉原に隠せることはないか」

「相手が男でありましたら」

盃を西田屋甚右衛門が干した。

「いつかわかっておるのだな」

「おや、鳥居さまは、お話しになられませんでしたか」

「闕所物奉行の出番は、町奉行のあとだからの。それまで出番はないそうだ」

口の端をゆがめて扇太郎が自嘲した。

「相変わらず人を人とも思わぬお方でございまするな」

西田屋甚右衛門も苦い顔をした。

「たしかかどうかはわかりませぬが。聞くところによりますると五月の十四日だそうでございまする。その日、渡辺崋山さま、高野長英さまら八名へ出頭状を出し、おとなしく従えばよし、でなくば総出役をなさるとか」

はっきりと西田屋甚右衛門は日時まで語った。

「しかし、八名の蘭学者を捕まえるに、総出役とは大げさすぎぬか」

扇太郎は疑問を呈した。

「後ろにおられる方々を押さえるためでございましょう」

「……後ろにいるだと」

西田屋甚右衛門の言葉に、扇太郎は首をかしげた。

「渡辺崋山さまは、三河田原(みかわたはら)藩三宅さまのご家老。さらに高野長英さまが、主催されていた蘭学者の集まり、尚歯会には使番(つかいばん)松平伊勢守(いせのかみ)や江川太郎左衛門さまら幕臣の方々も参加されておりまする。ことと次第によっては、町奉行所の手出しができぬ場合もありましょう。そうならぬよう、それこそ蟻(あり)一匹見逃さぬ布陣を敷かれるおつもりなのでは」

「なるほど。影響がかなりあるということか。それで鳥居さまは躍起となっておられるのだな」

扇太郎は納得した。

江戸湾海防巡見で、恥を掻いた鳥居耀蔵は、水野越前守忠邦からきびしく叱咤された。目付から町奉行へ出世をもくろんでいる鳥居耀蔵にとって、老中からの叱責は汚点であり、なんとかして挽回しなければならないのだ。

「しかし、御上もわけのわからぬことをする。測量では蘭学を採用しておきながら、すぐに弾圧する」

盃を干しながら、扇太郎はあきれた。

「御上とはそういうものでございますよ。朝令暮改が、その真実。昨日出した令と真逆のものを翌日に出す」

「庶民へ混乱を引き起こすだけだとわかっていないのか」

「当然ご存じでございますよ」

「ならばなぜ統一せぬ」

「出される方が別だからでございまする」

「別……掛かりの老中が違うと」

「さようで。御上には何人かのご老中がおられまする。そのなかのお一人が、月番老中となられる。これにちょっと問題がございまする」

「月番老中にか」

扇太郎は確認した。

古くは御年寄衆、加判衆などと称した老中は、おおむね二万五千石以上の譜代大名から選ばれた。定員は決まっていないが、四名から五名ていどで、幕政すべてと将軍代参など徳川の私も司った。加賀百万石であろうが、呼び捨てにすることができ、御三家さえも遠慮させる権威を誇っていた。

その老中から毎月一人選ばれるのが月番であった。月番老中は、各役所からあがってくる願いや届けを受けつける。合議が基本の御用部屋において、月番老中は些事にかんして独断での決済が許されていた。

「月番のご老中さまには、些細な案件の採否を決める権がございまする。小事で多忙な老中が合議するのは無駄だと考えられた結果なのでございましょう。ですが、ここに裏がございまする」

「裏だと」

「はい。些細かどうかを判断するのは、月番のご老中さま」

そこまで言って西田屋甚右衛門が、扇太郎を見た。

「思うがままということだな」

「…………」

無言で西田屋甚右衛門が首肯した。

「このたびの一件は、鳥居さまが絡んでおられる。とならば、後ろにおられるのは水野越前守さまと考えるが筋」

「だろうな」

「しかし、それほど政は単純ではございませぬ。水野さまの活躍を好ましく思わないお方もおられる。鳥居さまにしても、一度叱責を受けておるのでございまする。次に失策をおかせば、まちがいなく見捨てられましょう。生き残りをかけるには、別の筋を作っておくが安心」

「水野さまを裏切るというのか」

「裏切るというほどではございますまい。念のための命綱というところではないでしょうか。他の誰かについたとわかれば、水野さまを敵にすることとなりまする。まだ、そこまでの決意はなさっておられないかと」

「なるほど」

西田屋甚右衛門の意見に扇太郎はうなずいた。

「渡辺崋山さま、高野長英さまのお二人は、とくにいろいろなお方とおつきあいがあると聞きまする」

「二人のことを探られては困るお方も多いか」

扇太郎は呟いた。

「……はい」

「闕所も無事ではいかぬか」

大きく扇太郎は嘆息した。

四

「夜も遅うございまする。今宵はお泊まりになられてくださりませ」

「いや、遠慮しておこう。町奉行所の同心と同じにはなりたくないでな」

勧める西田屋甚右衛門へ断りを告げて、扇太郎は吉原を出た。

吉原の大門は、正子(しょうね)の刻（午前零時）に閉じられる。吉原ではこれを大引けと呼んでいた。

「まだ大引けまえか」

大門を出た扇太郎は吉原を振り返った。

「けっこう話しこんでいたと思ったが、意外と早く終わったようだ」

扇太郎は黒々とした影を落としている浅草寺目指して田圃のあぜ道を歩いた。

五月も半ばである。満月がこうこうと地上を照らしていた。扇太郎は苦労なく歩みを進めた。

あぜ道を終え、浅草寺前へさしかかったところで扇太郎は足を止めた。

「誰だ」

扇太郎の行く手を三つの影がさえぎった。

「闕所物奉行榊扇太郎だな」

最前列の影が問いかけた。

「人違いだ」

平然と扇太郎は答えた。

「なにっ。嘘をつくな。きさまが榊扇太郎ということは、わかっておる」

「ならば訊くな。無駄な手間をかけただけだぞ。夜も遅い。余分な言葉は、迷惑だ」

怒る影を、扇太郎はさらに煽(あお)った。

「こやつ……」

別の影が、刀の柄に手をかけて一歩前へ出た。

「よせ。挑発にのるな」

二人の後ろにいた影が、制止した。

「なかなかに肚の据わった者よな」

二人を下がらせ、奥の影が前へ出た。扇太郎は、声からしてかなりの年配だと感じた。

「貧乏御家人だ。褒めてもなにもでねえぞ」

口調を変えずにいながら、扇太郎は足場を固めていた。相手をからかったのは、備えるだけのときを稼ぐためであった。

「金ならくれてやる」

「ほお」

意外な言葉に扇太郎は驚いた。

「なにもなかったことにしてくれれば、それ相応のものを渡す」

年配の影が告げた。

「なにをどうしろというんだ。謎解きじゃねえ。はっきりと言ってもらわなきゃ、頭の悪い拙者にはわかりかねるぞ」

さらなるときを稼ぐため、扇太郎は詳細を求めた。

剣の達人といえども、三人を相手にするのは難しかった。庄田新陰流を学んで、かなりの域に達している扇太郎とはいえ、力量のわからぬ三人と戦うのは不安であった。

「なにより、誰だい、おまえたちは」

吉原からの帰り道でもある浅草は夜が更けても人通りがあった。また、ここは天満屋孝吉の縄張りであった。顔見知りが一人でも通れば、話は変わってくる。扇太郎は問いを続けた。

「ときを稼ぐつもりか。彼我（ひが）の状況を考え、ここは争わぬが得と読んだか。さすが、鳥居が片腕」

年配の影が感心した。

「片腕になったつもりはないが……」

相手は扇太郎のことを調べていた。

「で、返答は」

それ以上扇太郎の相手をせず、年配の影が言った。

「金は欲しいが、お断りだ。得体の知れぬ連中と手を組むのは、もうお目付さまだけでこりごりなのでな」

扇太郎は拒絶した。

「きさま、下手(したて)に出ていれば……」

控えていた影が、怒った。滑るような足運びで、扇太郎との間合いを詰めてきた。

「やるな」

腰のぶれがない動きに、扇太郎はできると見た。

「…………」

無言で年配の影も止めなかった。

「言うことをきかねば力ずくか。まったく鳥居さまと同じよな。力が剣か権かの違いだけで」

苦笑しながら、扇太郎は太刀を抜いた。

「ほう……」

間合いに入りかけていた影が止まった。ゆっくりと太刀を鞘走らせた。

「殺すなよ。こいつを殺しては、鳥居を呼び出すことになる」

年配の影が命じた。

「腕の一本も落とせばよろしいか」

「いや、痛い目にあわせるだけで止めておけ」

太刀を持った影の確認へ、年配の影が首を振った。

「残念だが、ご命令とあればいたしかたなし」

青眼に構えた影が半歩踏みこんだ。

「おうやああ」

相手が間合いをこえるのを待っていた扇太郎は、躊躇なく動いた。

「……ちっ」

機先を制された影が、思わず太刀で扇太郎の一閃を受けた。刃と刃がぶつかって、火花が散り、一瞬影の顔を浮かびあがらせた。

「こやつ……」

かろうじて受けた影が、たたらを踏んだ。

「真剣を抜いた以上、命の遣り取りになるとわかっていたはずだ」

ぶつかった反動を利用して半間（約九〇センチメートル）扇太郎は下がった。

「それを痛い目にあわせるだけで止めるだと……覚悟がないにもほどがある。そんな連中の仲間に落ちぶれる気はない。鳥居も気に喰わねえが、肚をくってるだけ、おまえたちよりはましだな」

「ふざけたことを」

影がふたたび太刀を構えた。

「お留守居さま。やってよろしいか」

「待て、殺すのはまずい。なんとかいたせ」

斬ってもいいかと訊く配下に、年配の影が首を振った。

「……努力はいたしまするが、できぬやも知れませぬぞ」

影がつま先で擦るようにして、扇太郎との間合いを計った。

「無理なら、あきらめて帰るという手もあるだろうに……」

扇太郎は、笑った。

「……主命抗い難しか。侍仕えはつらいな」

相手の切っ先から目を離さずに、扇太郎は提案した。

「どうだ。千両先払いするなら、のってやってもいいぞ」

「千両……ばかを言うな」

年配の影が、驚愕した。

「りゃああ」

しゃべっている扇太郎を油断と見た影が、太刀をぶつけてきた。

「ふん」

十分警戒していた扇太郎は余裕でかわした。

かわされた太刀を止めて、二撃目を送ってきたのは見事だったが、扇太郎はそれも読んでいた。

半歩退いて空を斬らせた扇太郎は、切っ先が通りすぎるなり、一歩踏みこんで上段から斬り落とした。

「ぎゃっ」

流れた太刀を引き戻すこともできず、影は扇太郎の太刀を首に受けた。月明かりにも黒い血が、音をたてて噴きあげた。

「佐島（さしま）。おのれええ」

残った影が叫んだ。

「たわけ、名前を口にするな」

留守居役が、叱った。

「どうするかい。退くというなら見逃してやるが」

扇太郎は間合いをあけて言った。好んで人を斬りたいわけではない。

「くっ」

「担げ、戻る」

重い声で留守居役が、もう一人の影へ命じた。

「…………」

すさまじい目つきで睨みながら、影が佐島を肩に担いだ。

「榊、これで我らときさまは敵対することになった。次からは遠慮せぬぞ」

留守居役が宣した。

「最初から敵だろう」

鼻先で扇太郎が笑った。

「拙者がそちらの言いぶんに従ったところで、無事ですませる気は端からないであろう。金の受け渡しか、その前後、そちらにとってつごうのいい結末を迎えた段階で、すべてを知る拙者は、邪魔になる。となれば、次に来るのは口封じ」

「…………」

答えを留守居役は返さなかった。

「最初からわかっている罠にはまるほど、愚かではないぞ」

からかうような口調を扇太郎はあらためた。

「どこの家中かは知らないが、おまえたちは拙者をやる気にさせてしまった。もともと鳥居の命令など適当に流そうと思っていたのだが、そちらの態度は肚に据えかねる。徹底して探ってくれるわ」

「毛を吹いて疵を求めたのか」

愕然と留守居役が言った。

「いずれ会うだろう。楽しみにしている。わかったならば、さっさと去れ。人が来る」

扇太郎は五間（約九メートル）離れて、懐から鹿皮を出した。擦るようにして刃に付いた血脂を落とす。血の付いたまま鞘へ戻せば、刀身が錆びついて抜けなくなった。

「覚えていろ」

佐島の遺体を担いだ影が、捨て台詞を残して去っていった。

「同時に来られずよかったわ」

影二人が、しっかりとした修行を積んでいることは、扇太郎にもわかった。

扇太郎は、影の消えた方へと目をやった。

「縄張りうちのことだ、声くらいはかけておかねばなるまい」

拭き終わった太刀を鞘へ戻して、扇太郎は天満屋孝吉の家を訪れた。

「遅くにすまぬ。闕所物奉行の榊だ」

表向き古着屋を営んでいる天満屋の大戸はすでに閉じられていた。扇太郎はその大戸を遠慮がちに叩いた。

「へいへい。ちょいとお待ちを」

しばらくしてなかから応答があった。大戸の右脇に作られた潜り戸の小窓から目が覗いた。

「これは、榊さま。今開けまする」

確認してようやく大戸が開けられた。

「寝ていたところをすまぬな」

扇太郎は詫びた。

油代蠟燭代が高くつくと、商家では日が暮れると奉公人をさっさと休ませていた。

「いえいえ。主に申して参ります。しばらくお待ちを」

応対した手代が、奥へと向かった。

古着を扱う店は、浅草の顔役天満屋孝吉と別であった。奉公人は、誰も天満屋孝吉の裏稼業とかかわっていなかった。

「これはお奉行さま、どうかなされましたか」

店まで天満屋孝吉が出て来た。

「夜分にすまん」

詫びながら、扇太郎は目配せをした。

「……もうおまえたちは休んでいいよ。あとのことは、わたしがするから」

天満屋孝吉が手代たちを下がらせた。

「うん、それは……」

扇太郎の衣服が汚れていることに、天満屋孝吉が気づいた。

「返り血でございますな」

「ああ。そこで待ち伏せされてな」

「浅草寺門前ででございますか。それは、聞き捨てなりませぬな」

天満屋孝吉の声が低くなった。

「どこぞの武家らしかったが……」

詳細を扇太郎は語った。

「屍体を持ち帰ったということは、他人目につけば、身元がわかるからでございましょう」

「いや、というより同僚をそのままにしておけぬとの感じであった」

扇太郎は印象を告げた。

「主命、あるいは藩命で出て来たのだろうが、動きが早すぎる。拙者が話を知ったのは、今朝、おぬしからだぞ。鳥居の屋敷へ行ったのも、不意に思いついたようなものであるし。そのあと吉原へ回ったのも前から決めていたわけではない」

疑問を扇太郎は口にした。

「見張られていたのでは」

「そんな気配はなかったが……ずっと気を張っていたわけではないからな。そうかも知れぬ」

不満ながら扇太郎は、天満屋孝吉の話を受け入れた。

「だが、見張っていたとすれば、いつ拙者に目を付けたのだろうな。奉行といいながら、闕所物奉行は小者に毛が生えたていどでしかない。家臣を張りつけておくだけの価値はないぞ」

扇太郎は首をかしげた。闕所となったものを集めて売って金を受け取って、勘定方へ納める。利のからむ職ではあるが、権は小指の先ほどもない。闕所物奉行とは、まさに閑職であった。

「お奉行さまを、鳥居さまの手として知っているとしか考えられませぬな」

「やはりそっちか」

小さく扇太郎は息をついた。

「恨まれる覚えは十分にある。何人もの人を斬ったのだ。闇討ちされる覚悟はできているが、他人の権力争いに巻きこまれて命を狙われるのは、勘弁してもらいたいな。どうしても親身にはなれぬでな」

「鳥居さまのことでございまする。それも見越しておられましょう」

天満屋孝吉が首を振った。

「他人すべてを手のひらの上で踊らせているつもりか、傲慢な」

扇太郎は、怒りを感じていた。

五

五月十四日、北町奉行大草安房守高好は、小笠原諸島のなかの無人島への無断渡航を企てたとの容疑で、尚歯会の参加者を召喚した。

渡辺崋山、本岐道平、斎藤次郎兵衛、山崎秀三郎、無量寿寺住職順宣、順道親子、山口屋金次郎ら出頭した七名は即日小伝馬町の牢獄へ入牢申しつけられ、きびしい取り調べを受けることとなった。

やはり出頭を命じられていた町医者高野長英は、出頭せず行方をくらましたが、十八日、自ら町奉行所を訪れ、捕縛された。

尚歯会に参加していた幕府の天文方阿蘭陀書籍和解御用小関三英は、呼び出しがなかったにもかかわらず、連坐を怖れ、十七日自害した。

世にいう「蛮社(ばんしゃ)の獄(ごく)」の始まりであった。

町奉行所は、ただちに屋敷の捜索に入った。

そして渡辺崋山の屋敷から幕政批判と取れかねない草稿が見つかった。『慎機論(しんきろん)』と題されたそれは、渡辺崋山が国防にかんして幕府へあてて書いた上申書であった。しかし、中身の過激さに仲介役であった人物が上申することに難色を示し、渡辺崋山のもとへ戻されていたものだった。

もともとの容疑であった小笠原諸島無断渡航は事実無根として無罪を言い渡される寸前に提出された『慎機論』が、尚歯会へのとどめとなった。

「動け」

鳥居耀蔵からの命令が届いたのは、渡辺崋山のもとから『慎機論』が発見され、無人島渡航計画ではなく幕政批判での吟味が始まった五月二十二日の翌日、二十三日であった。

「天満屋孝吉を呼んでくれ」

苦い顔をしながら、扇太郎は手代に告げた。

半刻（約一時間）ほどで、天満屋孝吉がやってきた。

「闕所でございまするか」

「みたいなものだ」

勇む天満屋孝吉へ、扇太郎は苦笑した。

「では……」

先夜の説明もあって、天満屋孝吉が気づいた。

「つきあってくれ」

「金になりますか」

天満屋孝吉が渋い顔をした。浅草の顔役でもある天満屋孝吉である。配下を抱えているだけに入り用も多い。ただ働きは遠慮したいというのが本音だと扇太郎も理解していた。

「流行の町医者だ。闕所となればけっこうな儲けとなるぞ」

「ならばよろしいのでございまするが……」

まだ天満屋孝吉は乗り気になっていなかった。

「文句を言うな。近江屋の闕所を回したのは、儲けの先払いだと怒られるのがおちだ。でなければ、こちらの望みなど聞く人ではない」

手代たちがいる前で委細を口にするわけにはいかなかった。

「儲けを吐き出すことになりそうで」

しぶしぶ天満屋孝吉が首肯した。

町医者としての評判と優秀な蘭学者として名をなした高野長英の屋敷は、麹町（こうじまち）貝坂にあり、かなり立派なものであった。

「これはこれは」

外観を見たとたん天満屋孝吉の機嫌がなおった。

「土地もけっこうあるようで……」

「あいにくだが、借地だ」

喜ぶ天満屋孝吉へ、扇太郎は水をかけた。

「……それは残念ですが。まあ、お屋敷と調度、お医師道具と薬、これだけでもちょっとしたものになりましょう」

気を取り直して、敷地へ踏みこもうとした天満屋孝吉を町奉行所の小者が押しとどめた。

「ここへ入ってはならぬ」

六尺棒を小者が天満屋孝吉の前へ突き出した。

「お奉行さま」

振り返った天満屋孝吉が扇太郎を呼んだ。

「闕所物奉行榊扇太郎だ。町奉行どのから連絡があったはずだ」

扇太郎は、小者へ名乗った。

「これはご無礼を」

小者が頭を下げた。

「すまねえな。天満屋」

「はい」

言われて天満屋孝吉がすばやく小者の手に金を握らせた。

「…………」

黙って小者が金を袖のなかへ落とした。

「入ってもいいか」

「どうぞ。裏にも立ち番がおりますゆえ、なにかありましたら、わたくしまでお声をおかけくださいませ」

金の威力か、小者の愛想が一気によくなった。

「そうさせてもらおう。行こう天満屋」

扇太郎は進んだ。

玄関の扉を引き開けた天満屋孝吉が、絶句した。

「これは……」

「ひどいな」

後ろから覗きこんだ扇太郎も首を振った。

高野長英宅は、町奉行所の探索によって、足の踏み場もない有り様であった。

「この壺は……伊万里の絵付け。無事ならば二十両はくだらぬものを……」

入り口に飾られていたであろう花入れは無残にも四散していた。

「屏風も穴が開いてしまっている」

玄関から直接なかが見えないようにと置かれていた目隠し屏風にも、何カ所か穴が開いていた。

「ああ、壁が、障子が……」

駆け出すようになかへ入った天満屋孝吉が声をあげて嘆いた。

「町奉行所は、後々のことなど考えないからな」

ゆっくりと後に続きながら扇太郎も顔をしかめた。

無事に残っていた袋戸棚などを開けて扇太郎は中身を確認した。

「どうしようもございませんねえ」

しばらくして天満屋孝吉が嘆息とともに帰ってきた。

「診立て部屋はどうだい」

「薬簞笥もすべて引き抜かれて、ぶち撒けられておりました」

「意味のないことを」

町奉行所が探していたのは、高野長英ら蘭学者を罪に落とせる文書や書物である。小さな薬箪笥の引き出しに隠せるものではなかった。

「貴重な蘭書などは、まったくございませんな」

「それは町奉行所が持っていったんだろう」

「お返しいただけるのでございますか」

「闕所が決まれば、闕所物奉行所へ渡されるのが慣例だがな。ものがものだけに難しいかも知れぬ」

扇太郎は鳥居耀蔵の目的が蘭学の廃止にあることを知っている。蘭学の根本となりえる書物を闕所の手続きがあるとはいえ、もう一度市中に流通させるはずはないと考えていた。

「蘭書はいい値段で売れるのでございますがねえ。なんとかご尽力ください」

天満屋孝吉があきらめられないと食い下がった。

「だが、今回のことで蘭学は弾圧されるとわかったはずだ。蘭書を買いたがる奴などいなくなるんじゃないのか。わざわざ危ない橋を渡ることはねえだろう」

疑問を扇太郎は口にした。

「だからこそでございますよ。禁じられれば、蘭書を入手する手段がなくなりまする。人というのは、みょうな生きものでございましてな。手に入らないとなれば、より欲しくなるのでございまする」

「なるほど。値段も釣りあがるか」

扇太郎は理解した。

「一応、願ってはみるが、期待はしてくれるなよ」

「それでけっこうでございまする。で、お奉行さま。なにを探せばよろしいので」

一通り高野邸の見積もりを終えた天満屋孝吉が問うた。

「お偉いさんの名前が入ったような手紙、あるいは書物だな」

鳥居耀蔵が求めているものを扇太郎は摑んでいた。

「町奉行所の手入れが終わった後にでございまするか」

散乱する部屋を見回して、天満屋孝吉があきれた。

「そう言うな。これも仕事だと思って辛抱してくれ」

扇太郎はなだめた。

「ですが、そうなれば、人手が足りませぬ。これだけの屋敷、天井裏から床下まで見るとなれば、とても三日や四日では終わりませぬよ」

手間がかかると天満屋孝吉が述べた。

「若い者を出してくれないか」

浅草をまとめる天満屋孝吉のもとには、多くの配下がいる。

「うちの連中をお出しするのはよろしいのでございますがね。あまり役に立ちませんよ。力ずくでとなれば、そこそこ使える連中でございますが、探しもののような、細かいことには向いておりませんで」

首をかしげて天満屋孝吉が否定した。

「では、どうする。奉行所の手代たちも同じだぞ」

書類とか慣例には通じているが、現場でなにかをすることなどない手代である。天満屋孝吉の配下より世間を知らないぶん、より悪いかも知れなかった。

「吉原の忘八をお願いできませんか」

「忘八をか。なぜだ」

天満屋孝吉の提案に、扇太郎は戸惑った。

「はい。吉原の忘八には盗賊あがりも多いと聞きまする。盗人は、金目のものの臭いを嗅ぎ分けるとか。重要なものの隠し場所を見つけ出すことも容易でございましょう」

「なるほどな。よし、西田屋甚右衛門へ頼んでみよう」

扇太郎は立ちあがった。

「お奉行さまが、直接行かれるので。誰かを使いに出して呼べば……」

　驚いて天満屋孝吉が訊いた。

「他人にものを頼むのだ。呼びつけるわけにもいくまい。それに拙者がおらぬと、忘八たちがここへ入ってこられぬからな」

　玄関へと向かいながら扇太郎が答えた。

「しばし、頼むぞ」

　後事を天満屋孝吉へ任せて、扇太郎は高野長英の屋敷を出た。

「お旗本には珍しいお方だ。いや、それだからこそ、吉原も落ちたか」

　天満屋孝吉の目がきびしくなった。

　吉原の大門が開くのは、昼八つ（午後二時ごろ）と決まっていた。扇太郎が着いたのは、正午を少し過ぎたばかりで、大門は閉じられていた。もっとも泊まりの客の帰宅のため、潜り戸は使用できるようになっていた。

「西田屋へ」

　潜り戸を見張っている吉原会所の忘八へ断って、扇太郎はなかへ入った。

「よろしゅうございます。ちょうどわたくしどもの見世に一人おりますれば……おい、安吉（やすきち）」

話を聞いた西田屋甚右衛門はすぐに承諾して一人の忘八を貸してくれた。

「安吉と申しやす」

「榊だ。すまぬな。見世の仕事をほったらかしにさせることになる」

扇太郎は頭を下げた。

「とんでもねえ。あっしでお役に立てるなら、喜んでさせていただきやすので、どうぞ、そんなまねはおよしくだせえ」

あわてて安吉が手を振った。

「ずいぶん離れるな」

安吉は扇太郎のかなり後ろをついて来ていた。

「話が遠いじゃねえか」

「ご勘弁を、見世の看板をしょってやす。そのあっしが、お武家さまと肩を並べたなどと評判になれば、見世に傷がつきやす」

忘八のほとんどが、町奉行所から追捕の手配が出ている。苦界吉原に入ればこそ捕まらないのだ。忘八が身にまとう見世の名前が入った半纏は、苦界の住人であることの証明であった。半纏を身につけず、大門を一歩でも出れば、たちまち忘八は捕まり、よくて牢屋入り、悪ければ三尺高い木の上で首を晒すことになった。

「西田屋どのの名前に汚点がつくというなら、致しかたないが。話が遠いぞ。それでは、並べとはもう言わぬ。もう少し近くに来い」

「そこまでおっしゃるなら」

安吉が扇太郎の三歩後ろについた。

「盗人をやっていたのか」

「へい」

安吉がすなおに認めた。

「金になるのか」

「けっこう稼がせていただきました」

「どのくらいだ」

「多いときは五十両ほどになりやした」

「五十両とはすごいな」

扇太郎は目を見張った。

「もっと金はございましたが、それ以上持つと重すぎて動きがままならねえんで」

安吉が語った。

「それでも五十両は大金だぞ」

「でもございませんよ。女と酒、博打、もって一月で」

「一カ月で使い果たすというのか」

使い方の荒さに扇太郎は絶句した。

「盗人を続けていやすとね、金なんぞどうでもよくなるんでございますよ」

淡々と安吉が語り始めた。

「盗んでいるときの興奮が忘れられなくなるんで」

「………」

「見つかるんじゃねえか、今度は捕まるんじゃねえかとの不安と、今度もおいらは捕まらない。お宝を手に入れられるという自信が、こう頭のなかをめぐって、何とも言えない気持ちになるんで」

安吉の顔に奇妙な笑いが浮かんでいた。

「最初は金がなくなるから盗みに入ってたんでやす。それもやがて、盗みに入るのが目的になっていき……先年庶民へ盗んだ金を撒いたと評判に成りやした鼠小僧次郎吉も金が欲しくて盗んだんじゃございますまい。金なんぞ生きていけるだけあればいいので。ただ盗みがしたい。そうだったに違いありやせん。でなきゃ、盗人が他人のためになることなんぞするはずござんせんよ。盗みの魅力にとりつかれたら、死ななきゃなおりやせんぜ」

「そうか。で、今はどうなのだ」

扇太郎は安吉の興奮に水をさした。

「今は盗みをしたいとは思いやせん。忘八っていうのは、己を殺さなきゃできない商売でございます。盗人のあっしは、忘八になったときに死にやした」

淡々と安吉が答えた。

「急ぐぞ」

それ以上話は続かなかった。扇太郎は忘八の怖さをあらためて思い知らされた気分であった。

「ここだ」

二人が、高野長英の屋敷に着いた。

「お戻りでございまするか、お奉行さま」

町奉行所から出ている小者が、扇太郎を認めた。

「ああ。もう一人連れてきた」

扇太郎は安吉を見た。

「その顔は、おまえ、大名盗人の安造（やすぞう）」

小者が安吉の顔を見て叫んだ。

「人違いでござんしょう。あっしは吉原西田屋の忘八で安吉と申しやす」

表情も変えず、安吉が告げた。

「吉原……忘八か」

六尺棒を構えた小者から力が抜けた。

「わかった、通れ」

吉原に手出しはしない。慣例に小者は従った。

「では、ごめんを」

安吉がなかへ入った。

「大切な書付か手紙を隠すとしたらどこだ」

「ここの主の居室はどこでございましょう」

「医者だからな、診立て部屋であろう」

言われて扇太郎は安吉を案内した。

「手紙か書付でやすか」

入り口に立って部屋を見回した安吉が、一瞬だけ目を閉じた。

「ここでござんしょう」

部屋の片隅に切られている薬を煎じる用の炉へ安吉が近づいた。

「ちょいと汚しやすが……」

灰のなかへ手を突っこんだ安吉が、なかを探った。

「これでござんすか」

炉から出した安吉の手には、口を蝋で封印した小さな竹筒が握られていた。

第四章　闕所の罠

一

屋敷へ戻った扇太郎は、安吉から渡された竹筒を慎重に調べていた。

「蠟か。うかつに溶かすとなかのものに向かって垂れる」

中身は書付だと推測していた。紙に付いた蠟は取ることができなかった。お湯につけて蠟を溶かして取ったところで、水の痕跡とかすかな蠟のあとが残った。鳥居耀蔵がそれを見逃すはずはなかった。

かといって中身を知らずして渡すことは、鳥居耀蔵の走狗となったことを自ら認める行為であり、扇太郎には我慢できなかった。

「どうすればいいか」

居室で竹筒を前に悩んでいるところへ、朱鷺が白湯を持って入ってきた。

「…………」

黙って白湯を置き、朱鷺が扇太郎から少し離れたところへ腰を下ろした。

朱鷺は、先夜以来、なにかあると扇太郎の側にいたがるようになった。

「中身を無事に取り出せばよろしいのでございましょうか」

しばらく呻吟（しんぎん）していると朱鷺が口を開いた。

「ああ。なんとかしたいのだが、どうしてもうまくいかぬ」

扇太郎はうなずいた。

「潰してしまえばよろしいのでは」

朱鷺が言った。

「そうはいかぬ。これは鳥居耀蔵さまへ渡さねばならぬ」

竹筒を見せながら、扇太郎は首を振った。

「そのような竹筒でよければ、いくらでも作れましょう。蠟で封をするくらい、小鍋と蠟燭が一つあればできまする」

細い指で朱鷺が竹筒を指さした。

「そうか。中身を偽ものとするわけにはいかぬが、外は……」

大きく扇太郎はうなずいた。現物を渡さねばならぬとの考えに固執していた扇太郎は、朱鷺の提案に目から鱗が落ちた気がした。

「お湯を」

急いで扇太郎は、湯を沸かすようにと命じた。

朱鷺からお湯を渡された扇太郎は、竹筒の端、蠟の部分を静かに沈めた。蠟はお湯に溶け、封印の役目を失った。

「あった」

竹筒のなかから扇太郎は一枚の書付を取り出した。

「これは……」

扇太郎は目を剝いた。

「夕餉の用意をいたして参りまする」

いてはいけないと悟った朱鷺が台所へと下がっていった。

「まことなれば、御上は揺らぐぞ」

読み終わった扇太郎は絶句した。

「このまま鳥居に渡すことはできぬ」

ていねいに扇太郎は、書付を拡げた。

書付に記されているのは、謀叛の計画であった。

「なかったことに……はできぬか。竹筒のことは、天満屋孝吉も知っている。天満屋孝吉が鳥居と通じているとは思わぬが、どこかで漏れるやも知れぬ」

扇太郎は頭を抱えた。

「天満屋に釘を刺すか。いや、吾の釘など簡単に抜いてしまうだろう」

ことの大きさに扇太郎は震えていた。

「ひきこむか。共有してしまえば……」

扇太郎は朱鷺を呼んだ。

「はい」

すぐに朱鷺が顔を出した。

「すまぬが、天満屋まで使いに立ってくれ。すぐに来て欲しいと。駕籠を使っていい」

書付を持ったまま屋敷を出るのも、置いて離れることも扇太郎にはできなかった。朱鷺が天満屋孝吉の紐付きと知ってはいたが、他に手段はなかった。他人を使いに出すのも不安だった。

「わかりましてございまする」

朱鷺が出ていった。

駕籠は女が一人歩くよりは速い。

「ごめんくださいませ。榊家より参りました。ご主人さまへ」

まだ古着屋は店を閉めていなかった。

「どうぞ、奥へ」

報せに入った番頭が戻り、朱鷺を奥へと案内した。

居間で天満屋孝吉は、酒を飲んでいた。

「珍しいことだ」

入ってきた朱鷺へ天満屋孝吉が声をかけた。

「榊さまが、至急お見えいただきたいと」

「はて。昼すぎまでご一緒していたのだが」

天満屋孝吉が首をかしげた。

「あの竹筒になにかあったね」

すぐに天満屋孝吉が感づいた。

「まあ、立ち話もなんだ。座りなさい」

「急げとのことでございまする」

「駕籠を使いますよ。わたしもね。おい、誰か、駕籠を二つ呼んでおくれ」

大きな声で天満屋孝吉が命じた。

「駕籠が来るまでの間さね」

「…………」

しぶしぶ朱鷺が腰を下ろした。

「抱かれているかい」

天満屋孝吉が訊いた。

「問うまでもないようだね。おまえさんの腰つきを見ればわかることだった」

恥じらう朱鷺へ天満屋孝吉が笑った。

「で、お奉行さまはどうだい」

「べつに」

簡潔に朱鷺が答えた。

「忘れるんじゃないよ。おまえの身体を縛っている借金は、わたしが立て替えたんだからね。証文がなくなったからといって、借りが消えたと思ってもらっては困りますよ。わたしがおまえを榊さまのもとへ送らず、お定めどおりに吉原へ下げ渡していたら、今ごろどうなっていたかねえ」

天満屋孝吉が脅した。

岡場所の遊女は、売られてきた経緯がどうあれ、隠し売女（ばいじょ）として罪になった。吉原へ引き渡された隠し売女は、競売にかけられもっとも高い値段を付けた見世へ売り渡された。売り渡された女は、吉原の決まりである二十八歳年季明けさえも許されず、死ぬまで客を取り続けさせられた。

「…………」

朱鷺の顔色が変わった。

「わかったようだね。いいかい、おまえは榊さまをその身体で虜にすることだ。細かいことはわたしが指示するからね。そうだ。なんなら子を産んでもいいんだよ。榊家の跡取りをね。それがいい。うまくいけば、二代にわたって利用できる」

手を打って天満屋孝吉が言った。

「命を救われたことは……」

小さな声で朱鷺が抗った。

朱鷺の言うように天満屋孝吉は扇太郎に命を救われていた。江戸のなかでも儲けの多い浅草の縄張りは、他の顔役の垂涎の的であった。浅草の縄張りを欲しがった神田の顔役上総屋は、天満屋孝吉の暗殺を企み、腕の立つ剣客を派遣した。その剣客を扇太郎が倒し、天満屋孝吉は、命を長らえていた。

「恩は恩。ありがたいと思っているよ。だからわたしは榊さまの敵には決してならない。

だが、商いは商い。闕所による競売ほど儲けの大きなものはない。ちょっとした商家が闕所となったら、千両ではきかないんだよ。心配しなくていい。わたしは榊さまを利用して金儲けをしたいだけだ。あの人の足を引っ張るようなまねはしない。そんなことをしたら、こっちが損だからね。おまえの役目は、榊さまが、ほかの古手買いへ移らないようにつなぎ止めること。わかったね。じゃ、行きましょうか。駕籠が着いたようだ」

天満屋孝吉が朱鷺を促した。

一刻（約二時間）足らずで二つの駕籠に分乗した天満屋孝吉と朱鷺が帰ってきた。

「お呼びだそうで」

言いながら天満屋孝吉が居室へと入ってきた。顔も出さない朱鷺に不審を覚えた扇太郎だったが、それどころではないと気を引き締めた。

「これを……」

扇太郎は書付を天満屋孝吉の目の前へ滑らせた。

「拝見いたしてよろしゅうございますか」

「うむ」

確認を取ってから天満屋孝吉が書付へ目を落とした。

「な、なんと」

読み始めたとたん、天満屋孝吉が書付を放り出した。

「こ、このようなもの、わたくしはかかわりたくございませぬ。ごめんくださいませ」

急いで天満屋孝吉が立ちあがった。

「遅いわ」

扇太郎は告げた。

「高野長英の屋敷に入ったことは、町奉行所の小者も知っている。なにより、拙者が闕所の見積もりに天満屋を使っていることは、鳥居も知っている。関係ないですめばいいがな」

重く扇太郎は宣言した。

「うっ……」

力なく天満屋孝吉が腰を落とした。

「さ、酒をちょうだいできませぬか」

天満屋孝吉がねだった。

「ああ。朱鷺、酒の用意を頼む」

大声で呼ばれた朱鷺が膳を二つ持って現れた。

「下がっていい。食事もすませ、先に休んでくれ」

「はい」

扇太郎の言葉に小さくうなずいて、朱鷺が下がっていった。

「いただきますよ」

天満屋孝吉が、片口から酒を盃へ注ぐと一気に飲み干した。

「もう一杯」

盃を置かず、天満屋孝吉は続けざまに五回酒をあおった。

「少しは落ちついたか」

「はい。お陰さまで」

と言いながら天満屋孝吉は、まだ盃を手放していなかった。

「これが、あの竹筒のなかに」

「そうだ」

他人が衝撃に戸惑うと、かえって冷静になるものだと扇太郎は、落ちついた声でうなずいた。

「謀叛でございましょう。このようなものすぐに御上へ」

無難な対応を天満屋孝吉が言った。

「それが当然の動きだろうが、その結果はどうなる」

扇太郎は一度言葉を切った。

「……江戸は大騒動になるぞ」

「たしかにさようでございまするな」

少し天満屋孝吉が思案した。

「ここに書かれているお大名さまへ、これを売りつけるのは……千両どころか一万両でも買い取りましょう」

「で、殺されるのを待つか。中身を知った者をそのままにしておくはずなかろう。天満屋らしくないぞ」

世慣れた天満屋孝吉が気づかないはずはなかった。

「まだだめなようでございまする。もう少しお酒を」

ふたたび天満屋孝吉が酒を口にした。

「ふうう。なかなかよい酒でございますな」

大きく天満屋孝吉が息をついた。

「酒の味がわかるようならば、もう大丈夫であろう。どう思う」

「もう一度、拝見」

天満屋孝吉が書付を手にした。

「お奉行さま、この方々で辻褄は合っておりますので」

「ああ。そこに名前の載っている大名たちは、一応高野長英とつながりがある」

扇太郎は書付を取りもどした。

「まず筆頭にある仙台藩だが、高野長英の生まれは奥州水沢、伊達家の領地だ」

「ふむ」

「次にある加賀藩とのかかわりは、高野長英が江戸で医の修業のため住みこんだ吉田長淑にある。吉田は加賀藩お抱え医師よ」

闕所物奉行のもとには、町奉行所から闕所対象となった人物の履歴、家族歴などがもたらされる。扇太郎は、朱鷺を使いに出している間に、履歴を読んでいた。

「残り全部も……」

「少しわからぬ相手もあるが、町奉行所の調べも完璧とはかぎらぬからな。だが、どこかでつながっているはずだ」

扇太郎は首肯した。

「外様の大大名ばかりか、御三家、御譜代まで名前が載っておりまする」

「だけではない。書いてある計画もしっかりとしている」

「はい」

出て来た書付は単純な連判状ではなかった。そこには詳細な計画が記されていた。

「気づいたか、書いてある大名はどこも海に面している」

「そういえば、伊達さまは仙台、加賀さまは能登と御上の目が届かないところへ、立派な港をお持ちでございますな」

天満屋孝吉が認めた。

「長崎の高島秋帆を通じて、阿蘭陀（オランダ）へ武器弾薬と船の派遣を頼む。武器弾薬を満載した船が、謀叛を企む大名の港へ入れば、準備は完了。最新鋭の武器を持った兵が四方からいっせいに江戸を目指す。今の旗本連中じゃ、戦いになるはずもない」

御家人、旗本の退廃を、扇太郎は身をもって知っていた。

「御上が危のうございますな」

語る扇太郎へ、天満屋孝吉が同意した。

「戦になるかどうか。老中たちの意見がまとまればいいがな」

扇太郎は嘆息した。

重要な案件は、老中の合議によって決する。幕府の不文律であった。意見が一致しなければ、軍を起こすこともできない。

「それも謀（はかりごと）のうちかも知れません」

ようやくもとへ戻った天満屋孝吉が冗談を口にした。

「完璧な策だな。作った奴はよほど切れ者だろうな」

「高野長英ではございませんので」

天満屋孝吉が首をかしげた。

「やも知れぬが……」

「気になることでもございますか」

真剣に書付を読み直し始めた扇太郎へ、天満屋孝吉が訊いた。

「高野長英、渡辺崋山、江川太郎左衛門、高島秋帆、小関三英……皆、江戸湾海防巡見にかかわった者ばかり」

「それは……」

天満屋孝吉が扇太郎の顔を見た。

「ちょっと待て」

扇太郎は、思案した。

「慣例を破って、闕所が決まる前の調査……。町奉行所が探索したにもかかわらず見つけられなかった竹筒を……その隠し場所をもと盗人が一目で見抜いた」

「町奉行所ほど盗人に詳しいところはございませんよ」

横から天満屋孝吉が口を出した。

「診立て部屋の炉、その灰のなか。捕り方が気づかないはずはない」

「ということは、町奉行所が探したときにはなかった」

「あとから隠した者がいた……鳥居か」

はっと扇太郎は声をあげた。

「これは鳥居さまが作られた偽書」

「道理でつごうの良い名前ばかり並んでいるわけだ」

「なんのために、こんなことを」

天満屋孝吉が首をひねった。

「ちょっと調べなきゃいけないようだな。天満屋、町奉行所の伝手(つて)を使ってくれないか」

「よろしゅうございまするが……」

うかがうような目つきで天満屋孝吉が扇太郎を見あげた。

「わかっている。闕所の競売はおぬしに任せる」

扇太郎は苦笑しながら言った。

「では、さっそく」

天満屋孝吉が腰をあげた。

二

月番の北町奉行所与力田島一之助は、天満屋孝吉の招きで、吉原の名楼三浦屋四朗左衛門へ向かった。

といったところで、実際に揚がるのは吉原の大門からもっとも遠い京町の揚屋桔梗屋である。吉原で格式のある遊女は、自前の見世ではなく揚屋と呼ばれる貸座敷へ呼ぶこととなっていた。

「お忙しいところをお呼びたていたしまして」

桔梗屋で天満屋孝吉が頭を下げた。

「いや、天満屋どのの招きとあれば、なにをおいても参らねばならぬ」

田島が機嫌よく笑った。

「雪野さんには、すでに声をかけてございますれば、しばし、お待ちくださいませ」

天満屋孝吉もにこやかに相手をした。

三浦屋四朗左衛門方の格子女郎雪野が、田島の馴染み女郎であった。吉原では一度抱いた妓を替えることは厳禁であった。どれほどの金が遣えようが、最後に閨を共にする妓は同じでなければならなかった。

「まずは一献(いっこん)」

「ちょうだいしよう」

差し出された盃を田島が受けた。

「で、天満屋どの。なにかの」

一杯だけ飲んで田島は盃を伏せた。揚屋とはいえ、女中もいれば、太鼓持ちも出入りしている。客のもとへ、誰も出ていないのは、天満屋孝吉が人払いしたためと、田島は見抜いていた。

「さっそくで申しわけございませぬ。ちとお伺いいたしたいことが」

天満屋孝吉が姿勢を正した。

「捕まった蘭学者の方々がことでございまする」

「……なんぞかかわりでもござるのか」

田島の目が役人のものとなった。

「わたくしはなんの関係も。ただ、闕所のことで」

「おおっ。天満屋どのは入れ札持ちでござったな」

きびしくなった田島の目が弛んだ。

「重追放以上となりますると、家屋敷から家財まで闕所となりまする。このたびは八名の方が捕まられたとか。半分を扱わせていただくとしても、四軒……」

「かなり大きな儲けとなりそうでござるな」

下卑た笑いを田島が浮かべた。

「どうでございましょう」

「はっきりいって難しい。拙者はお奉行のお供で、取り調べに同席いたしておるが……咎めるだけの物証がない」

田島が首を振った。

「ならば、無罪放免で」

「そうはいくまい。総出役の用意までしたのだ。誤認であったではすまぬ。お奉行の進退にかかわるからの」

はっきりと田島が首を振った。

「では」

「形だけの罪を与えて、放逐というのが落としどころではないかの」

言うだけ言ったと、田島が盃を手にした。

「噂で耳にしたのでございまするが、田原藩家老の渡辺崋山さまのお宅から、なにやら物騒な書きものが出たとか」

「ああ、『慎機論』だったか。御上を非難しているらしいが、見ていないのでな、なんともいえぬ。なにせ、小伝馬町へ入っているとはいえ、渡辺どのは、士分。それも家老職だ。町奉行所の手出しできる相手ではない」

田島が膳の食べものをつまんだ。

「ということは、闕所には……」

「ならぬだろうなあ。幕政批判で罪になったとしても渡辺崋山どのは、田原藩士。小伝馬町から田原家の屋敷へ引き取られて、永蟄居（えいちっきょ）か、放逐というあたりで、終わり」

「やれ、儲けそこないましたわ」

天満屋孝吉が苦笑して見せた。

「……ここだけの話だが、がっくりしているのは、天満屋どのだけではないぞ。噂だが、上のほうのお方で、なにやら画策されておられたらしいが……」

「さようでございまするか。どちらにせよ、闕所はあきらめたほうがよさそうでございますな」

「残念だな、天満屋どの」

「これも商いでございますよ。おい、入っておいで」

大きく手を叩いて、天満屋孝吉が芸者たちを招き入れた。

鳥居耀蔵も一人、焦っていた。

「なにをしておる、榊」

いらだちを鳥居耀蔵が口にした。

「調査には入ったのであろう。いかに愚劣な輩とはいえ、あの隠し場所がわからぬほどの間抜けではないはずだ」

鳥居耀蔵は、扇太郎が竹筒を持ってくるのを待っていた。

「まさか、竹筒の中身を見た……ありえるな」

扇太郎が命に従順な配下ではないと鳥居耀蔵は知っていた。

「もし中身を見たならば、どう出るか」

鳥居耀蔵が目を閉じた。

「下衆の求めるは、名よりも金。あそこに書かれている大名のどこかへ売りにいくか」

静かに鳥居耀蔵が漏らした。

「売りつけられた大名としては寝耳に水だ。まずは、買い取らず帰すだろうな。で、事実かどうかを調べ始める。調べればすぐに虚偽だと知れる。問題はそこからどうでるかだ。

ことが謀叛ゆえ、疑われただけでも幕府から睨まれる。外様としては余計な波風を立てたくはない。黙って買い取るか。それとも突っぱねるか。いや、榊を目付に訴えるか。目付へ訴えてくれれば、余がどうにでもできるのだが……」

腕を組んで鳥居耀蔵が思案した。

「どうなってもそれはそれでおもしろいのだが、このたびは予定通りにいってくれねば困る。かといって、急かすこともできぬ。うかつな催促は、吾が手配を報せることになる。いや、榊にもう見抜かれているだろう。だが、読んでいることと事実は別ものなのだ。あからさまであっても証拠がなければ、問い詰めることはできても罰することは叶わぬ。だけに、露骨なまねは控えねばならぬ」

鳥居耀蔵が焦れた。

吉原で一夜を明かした天満屋孝吉は、与力田島を残して大門を出た。

「さすがは吉原、いつ来ても別天地よな」

江戸には他の城下に類を見ないほど、多くの遊郭があった。

そのなかで唯一幕府が公式に存在を認めているのは、吉原である。開業は徳川家康の江戸入府にまでさかのぼり、数十万石の大名がお忍びで通う吉原の妓は岡場所と比べものにならなかった。

　さすがに線香一本の間をいくらで買われる端女郎(はした)は、岡場所と変わらないが、格子女郎、太夫(たゆう)となれば格が違った。容貌が美しいことはもとより、茶道、詩、和歌に精通し、江戸の粋人と呼ばれる豪商たちと相対で話をできるだけの知識も持っていた。

「金がかかるのも無理はない」

　田島の接待一晩で、天満屋孝吉は五両からの金を遣っていた。格子女郎だからこの値段ですんだが、太夫であったら倍は確実にかかった。

　玄米を白米にする米搗(つ)きの年俸が一年で二両にしかすぎないことを考えれば、どれほどの大金かわかる。

「さて、お奉行さまがお待ちかねだろう。ご一緒に来られていれば、話は早いのだが……もっとも他の女に情を移されては、困りますか」

　一人で笑いながら天満屋孝吉は、船で深川へと渡った。

「おはようございまする」

　天満屋孝吉は、台所から声をかけた。

「親方」

　台所では朱鷺が朝餉(あさげ)の用意をしていた。

「ご飯と葱の味噌汁と漬けものかい」

「………」

無言で朱鷺が首肯した。

「かわいがってもらった翌朝のものとしては、ちょっとあっさりしすぎじゃないかい」

「………」

朱鷺が頰を染めた。

「驚いたね。まるで生娘じゃないか」

様子に天満屋孝吉が驚いた。

「そうか。おまえは未通女のまま、岡場所へ沈められたんだね。初めてが廓の主で、無理矢理、そのあとも毎日違う男に抱かれた。なるほどねえ、お奉行が、おまえの初恋か」

おもしろそうに天満屋孝吉が笑った。

「邪魔する気はないから、安心おし。虚ごとじゃなく、現しとなれば、それはそれでけっこうだよ」

「………」

朱鷺の顔から色が消えた。

「そうだね。ご新造さまになるというのもいい。出自に問題はないからね」

「……それはだめ」

強く朱鷺が首を振った。

「己を売った実家を嫌うのは当然だけどねえ。だったら、道具だと思ってしまえばいいんだよ。闕所物奉行なんて大層な名前がついてはいるが、榊さまは八十俵の貧乏御家人。よほど市井の大工のほうが、ましな暮らしをしているよ。それでもご直参（じきさん）には違いない。昨今町屋から御家人の家へ嫁に入るのが増えたとはいえ、形だけは仮親を立てなきゃならない。おめえさんはその手間がない」

仮親とは、格式を整えるため、養子養女にしてもらう相手のことだ。町人の娘が旗本のもとへ嫁ぐときなどに使われた。もちろん正式な縁組みではなく、金でいっときだけ名前を借りるだけであった。

「嫌」

短く朱鷺が拒否した。

「ならば、子供でも作ってもらうと助かる。子供は男を縛る鎖になるからねえ」

天満屋孝吉が続けた。

「……子供はできない」

朱鷺が首を振った。

遊女として数知れない男に抱かれてきた。精を放たれた回数は千ですまない。それでも朱鷺は一度たりとても妊娠したことがなかった。

「それもだめとは、困りましたね。ならば、代わりの女を用意しなくてはいけませんね。なあに、わたくしから金を借りている旗本御家人は多い。そこから適当に娘を見繕って、お奉行さまのもとへ輿入れさせれば……」

「あの人を舐めないほうがいい」

小さく朱鷺が忠告した。

「すべてをわかったうえで、やっているかも知れない」

「ほう。その根拠は」

「女の勘」

「なるほど。傾聴するにたりる根拠だ。まあ。焦りはしないよ」

小さく口の端をゆがめて、天満屋孝吉が台所から、出ていった。

「おはようございま……」

居間を覗いた天満屋孝吉は、扇太郎の姿がないことに戸惑った。

「こちらだ」

天満屋孝吉の背中から、声がかかった。

「これは、朝からご精が出られますな」

扇太郎を見て、天満屋孝吉が感嘆した。扇太郎は上半身もろ肌脱ぎで、真剣を振っていた。

「長く遣わなかったからな。かなり錆び付いてしまった。いざのために鍛えなおしているところだ」

太刀を鞘へ戻しながら、扇太郎は言った。

「竹刀とか木刀ではございませぬので」

「ああ。太刀は重いからな。日ごろから腕に覚えさせておかねば、間合いが狂う。竹刀では軽すぎ、木刀では風を切れぬ」

扇太郎は居間へ戻った。

「早くからご苦労なことだ」

天満屋孝吉が吉原からの帰りだと、扇太郎は知っていた。

「一度店に戻ってしまいまするると、出てくるのがおっくうになりますので」

笑いながら天満屋孝吉も座った。

「で、どうだった」

扇太郎は問うた。職務の関係上、闕所物奉行は町奉行所と親しい。だけに、かえって聞きにくいこともあった。とくに今回のような、政の根本へつながるようなことは、触りにくかった。

顔馴染みとなった与力か同心に問えば、それなりの答えはもらえることはたしかであった。しかし、扇太郎が蘭学者の一斉捕縛に興味を持ったことを町奉行所へ教えることになる。鳥居耀蔵の配下と見られている扇太郎としては、避けねばならぬことであった。

「どうやら、一応のお叱りだけで終わりそうで」

「……やはりか」

扇太郎は小さくうなずいた。

「おわかりだったので」

「いや、総出役といいながら、奉行所から出頭を命じるなど、理に合わぬであろう」

総出役は、相手を絶対に逃がさないために取る手段であった。それなのに、自首を促す使者を出すなど、逃げられてもかまわないとの対応を取る。

扇太郎は、矛盾を感じていた。

「どうやら寸前で風向きが変わったか」

扇太郎は呟いた。

「総出役の方針を変えるとなれば、町奉行以上の者がかかわっていなければならぬ。大目付、若年寄、そして老中。この四者のうちの誰かの指示だ」

「町奉行さまでは」

　天満屋孝吉が問うた。

「違うだろうな。総出役を命じたのが町奉行ならば、面子もある。取り消すことはすまい」

　大目付、若年寄、老中の三者より、町奉行の格は低い。

「では、どういうことに」

「おそらく水野越前守さま」

「ご老中さまが」

　聞いた天満屋孝吉が絶句した。

「水野越前守さまは江川太郎左衛門どのを高く買っておられる」

　江戸湾海防の測量は、江川太郎左衛門の尽力があって完成したにひとしい。従来の測量法を頑迷に主張した鳥居耀蔵の数値との差は、素人が見てもわかるほどであった。

「愚か者が。国難の時期に、なにをやっている」

　腹心ともいうべき鳥居耀蔵を、水野忠邦が強く叱ったことからもわかる。鳥居耀蔵に罵声を浴びせた水野忠邦は、江川太郎左衛門を招き、その意見に傾聴した。

「水野越前守さまは、私(わたくし)のないお方だ」

実高二十万石といわれた唐津(からつ)藩を捨て、老中を輩出する浜松へ転封してまで、執政に加わりたいと願った水野忠邦である。私腹を肥やす意味で権を求めたのではなかった。

「蘭学でも儒学でも使えるものは使う。江川太郎左衛門どのを使えると感じられたのは確かだ」

川路聖謨を通じて江川太郎左衛門を知った水野忠邦は、海防巡見に使うことで、その能力を認めた。

「あのまま総出役となれば、江川太郎左衛門どのも捕縛されたはず」

「それほどのお方だと」

扇太郎の話から、天満屋孝吉は江川太郎左衛門のすごさを知った。

「それだけではなかろう。尚歯会には、松平伊勢守を始め、幕臣も多く参加しているという。総出役をさせてしまえば、幕臣だからといって見逃すことはできまい」

「ことが大きくなると」

「ああ」

小さく扇太郎は首肯した。

「ご苦労だった」

扇太郎は礼を述べた。

三

天満屋孝吉を帰した扇太郎は、朱鷺の用意した朝餉を食しながら、考えた。

「波風立てずに終わらそうという水野越前守さまへの返答が、これか」

扇太郎の懐には、密書が入っていた。

「姑息(こそく)な手段ではあるが、ご老中さまといえども、面と向かって反駁(はんばく)することはできない。妙手といえるが……」

漬けものを口にしながら、扇太郎は続けた。

「ここまでするほど、江川太郎左衛門どのが憎いか」

扇太郎は嘆息した。

「もしこれが鳥居の捏造(ねつぞう)だとばれれば、ただではすまぬ。御上を騙し奉ろうとしたとして、よくて減禄、下手すれば改易(かいえき)だ。そんな危ない橋を渡ってでも、蘭学は潰さねばならぬのか。いや、最後の責任は、こっちに押しつける気だろうな」

蘭学とて役に立つならば受け入れればいいと扇太郎は考えていた。

「さてどうしてくれようか」

竹筒を手に真剣な表情で、扇太郎は悩んだ。このまま鳥居燿蔵に渡すことはできなかった。

「近江屋の手紙と比べるまでもない。吾が蘭学の息の根を止めるなど、ごめんだ」

扇太郎は怒りに似たものを感じていた。

「報せずにいればどうなる……表だってはなにもできぬはず」

鳥居燿蔵の仕掛けた罠だ。発動しないことには意味がないが、仕掛けたことを知られても困る。

「だが、逆らったにひとしい吾を、鳥居は許すまい」

よくて解任、悪ければ何らかの罪をもって潰しにかかる。

「叩けば埃など、いくらでも出るからな」

扇太郎は苦笑した。

闕所物奉行の慣例である上納金も、幕府にとって見れば、競売金の横領でしかなかった。他にも、身を守るため、あるいは天満屋孝吉を助けるためとは言いながら、人を斬ってもいる。そして朱鷺のことがあった。朱鷺は人身売買の結果、岡場所へ売られた。その朱鷺を屋敷で使っているのだ。押しつけようと思えば、人身売買の罪に問うこともできる。

「つつかれるだけの弱みは山ほどある。これをなかったことにするわけにはいかぬ」

放棄するという案は消えた。

「となれば、渡すしかないのだが……」

ふたたび扇太郎は悩んだ。

「気分を変えられては」

給仕している朱鷺が口を出した。

「人は思わしくない結果を予想したときから、悪いことばかり脳裏に浮かべる。そうなっては、堂々巡り」

朱鷺が言った。

「わたしも見世にいたときは、何度もそうなった。年季明けは決められていない。死ぬまでここで客を取らされ続け、やがて病を得て、醜い姿となって命をなくしていく。それしか思い浮かばない日々。そんなとき、ふと見世の外を見ると桜が咲いていたり、夏の日差しが照っていたりする。人は桜を見ればきれいだと思い、夏の日差しを目にしては暑いだろうなと考える。そうすれば陥っていた暗い底から一瞬とはいえ抜け出すことができる」

静かな表情で朱鷺が語った。

「……そうだな」

扇太郎は朱鷺の過去、その重さをあらためて知った。

「馳走であった。出かけてくる」

朝餉を終えて、扇太郎は立ちあがった。

「お気を付けて」

朱鷺に見送られた扇太郎は、吉原を目指した。

「昼遊びにしては、少し早すぎませぬか」

四つ（午前十時ごろ）に現れた扇太郎に、西田屋甚右衛門が笑った。

吉原はこの日本堤浅草田圃へ移されたときから昼夜見世を許されていた。しかし、夜通しが仕事である遊女にとって、夜明けとともに帰って行った客たちを見送ってからが、休息のときであった。

昼見世が始まる昼八つ（午後二時ごろ）まで、吉原は客のいない素の姿を見せていた。

「舞台裏をお見せするのは、あまり」

西田屋甚右衛門の言うとおり、いつもきらびやかな衣装と艶然たるほほえみを浮かべている遊女たちは、今、しどけない格好でわずかな睡眠をむさぼっていたり、身体の手入れをおこなっていた。

「その裏の話で、教えて欲しい」

扇太郎は隠さずに語った。

「ふうむ。このようなことをわたくしども忘八が口にするのもなんでございまするが……」

聞いた西田屋甚右衛門が、首を振った。

忘八とは、仁義礼智忠信孝悌、人の身に備えておかなければいけない八つの徳を捨て去った者のことだ。女を食いものにして生きているという蔑称でもあった。

吉原の忘八は、差別された。人別も失い、親類縁者からは死んだものとして扱われた。人別もない死者同然でありながら、徳川家康が許した御免色里に務める者。町奉行所にとってこれほど面倒な相手もなかった。面倒ならばいないことにしてしまえばいい。臭いものに蓋とばかりに、町奉行所は吉原を管轄から外した。ここに町奉行所と吉原の間で、どれほどの罪人であっても、吉原へ逃げこみ忘八となった者は捕まえないとの暗黙の了解が成立した。ただし、吉原を一歩でも離れれば、遠慮なく町奉行所は動いた。吉原は忘八たちにとって、いわば最後の砦である。吉原を守るためならば、命を捨てることさえ厭わない、忘八たちは最強の護り手であった。

「鳥居さまは、ちとやり過ぎておられまするな」

「うむ」

「政（まつりごと）に闇はつきものでございまする。清廉だけで世のなかはやっていけませぬ。光が当たるところがあれば、かならず影はできまする。吉原など、その最たるもの」

西田屋甚右衛門が語った。

家康が城下に公認の遊郭を認めた理由は、治安維持であった。天下分け目の関ヶ原、豊臣を滅ぼした大坂の陣と、戦は終わっていたが、武者たちの気風は、乱世そのままの荒さから変わっていなかった。天下の城下町となった江戸でも、毎日のように武士同士の争いがあった。刀や槍、場合によっては鉄砲まで持ち出しての喧嘩は、多くの損害をもたらすだけでなく、天下の主たる徳川家の鼎（かなえ）の軽重を問うことにもなった。

そこで家康は私闘を禁じるとともに、有り余った精力を発散させる方法を思案した。男の精を受け止めるは、女にしかず。こうして家康は吉原を公認し、江戸城からほど近い葺屋町に開業を許した。

「しかし、政の闇は表に出て来てはいけませぬ」

「だな」

扇太郎も同意した。

「鳥居さまがなされようとしているのは、まさに、闇。それも己の目的を果たすために、むりやり生み出したもの。これはいけませぬ。表になったとき、政への信頼は地に落ちまする」

きびしい声で西田屋甚右衛門が言った。

「やはり、捨て去るべきか」

「それはお奉行さまの身によろしくありませぬ」

はっきりと西田屋甚右衛門が否定した。

「だが、これを鳥居どのに渡すことは、多くの人に迷惑をかける。前の手紙の比ではない」

扇太郎は手紙を鳥居に献上したことも話していた。

「他人より吾が身でございますよ」

西田屋甚右衛門が述べた。

「己に余裕がなければ、他人を気づかうことなどできませぬ。人の根本は、己。次に家族や知己、見知らぬ他人はその次なのでございまする。もっともお武家さまには、なにより優先すべき主君というお方がおられまするが」

「…………」

諭すような西田屋甚右衛門の言葉に、扇太郎は無言でうなずいた。

「そして人は貪欲なものでございまする。一つのもので満足せず、二つ三つと欲しがりまする」

「とくに金はな。いくらでも欲しい」

扇太郎は苦笑した。

「それが人なのでございまする。悟りきった坊主ではありませぬ。金だけでなく、名声も欲しい、うまいものを喰いたい、いい女を抱きたい。これが煩悩(ぼんのう)であり、人の本質。ならば、欲深く参りましょう」

西田屋甚右衛門が笑った。

「鳥居さまの企みにのって、それでいて皆うまく生かせる」

「そんなことができるのか」

思わず扇太郎は、身を乗り出した。

「できまする。鳥居さまの作られた書付、今、お持ちでございまするか」

「ここにある」

求めに応じて、懐から竹筒ごと扇太郎は取り出した。

「拝見……」

渡された西田屋甚右衛門が、じっくりと見た。

「誰かいるかい」

西田屋甚右衛門が手を叩いた。

「お呼びで」

すぐに忘八が顔を出した。

「夜佐（やすけ）かい。三浦屋さんへ行ってね、数太（かずた）と正八（しょうはち）を借りてきておくれ」

「へい」

夜佐が、走った。

「お奉行さま、しばしお待ちを。いかがでございましょう、茶など」

「茶というと、あの緑の苦い奴か」

一度だけ扇太郎は喫したことがあった。

「苦手でいらっしゃる」

「あんなもの、好んで飲む奴の気が知れぬ」

扇太郎は首を振った。

「では、麦湯をお出ししましょう」

「そうしてくれ」

井戸で冷やされた麦湯が饗（きょう）された。

「御用でございましょうか」

黒字に白く三浦屋と染め抜いた半纏を身にまとった忘八が二人、顔を出した。

「休んでいるところをすまないね」

小さく西田屋甚右衛門が頭を下げた。

「とんでもない。きみがてての指示に従うのは、吉原忘八の決まり。どうぞ、ご遠慮なくお遣いくださいませ」

忘八二人の後から三浦屋四朗左衛門が姿を見せた。

「これは三浦屋さん」

西田屋甚右衛門が、一礼した。

「榊さま、お初にお目にかかりまする。三浦屋の主、四朗左衛門にございまする」

三浦屋四朗左衛門が、手をついた。

かつて水戸家から脅されて、三浦屋は朱鷺の命を狙ったことがあった。襲い来た忘八二人を撃退した扇太郎は、単身吉原へ乗りこみ、水戸家の圧迫をかわす手伝いをした。こうして扇太郎は、吉原惣名主西田屋甚右衛門の知遇を得るにいたっていたが、三浦屋四朗左衛門と会うのは初めてであった。三浦屋は吉原開祖である庄司甚内の血を引く西田屋に格では劣るが、見世の大きさ、妓の質などで上回る。三浦屋こそ吉原随一の名楼であった。

「三浦屋どのか。榊扇太郎だ」

扇太郎も挨拶を返した。

「お礼にも参りませず、さぞや、薄情な者とお思いでございましょうが、世間さまにまともな顔向けができぬ廓者（くるわもの）のこと。なにとぞお許し賜りますよう」

深く三浦屋四朗左衛門が詫びた。

「おたがいさまだ」

気にするなと扇太郎は手を振った。

「三浦屋さん自ら来られたのは……」

「はい。榊さまに一度お目通りをと思いまして」

西田屋甚右衛門の問いに三浦屋四朗左衛門が答えた。

「それはけっこうなことで。さて、ときも惜しゅうございますゆえ、さっそくに」

挨拶をきりあげて西田屋甚右衛門が、竹筒を正八へ、書付を数太に渡した。

「正八は、竹筒をもとどおりに封印する方法を、数太は、まったく同じ書付を作っておくれ」

「へい」

「承知」

二人は受け取ったものをじっくりと観察し始めた。

「そうか。もう一つ作るんだな」

すぐに扇太郎は気づいた。

「ものがものでございますゆえ、お預かりいたすわけにもいきませず、ここで作業をさせることにいたしました」

西田屋甚右衛門が説明した。

「お気遣い感謝」

現物を持っていかれる不安を払拭するためだと、扇太郎は理解し、礼を述べた。

「榊さまは、闕所物奉行さまだそうで」

作業を見ている扇太郎へ、三浦屋四朗左衛門が話しかけてきた。

「ああ。なんとかやっている」

扇太郎も応じた。

「では、浅草の小間物屋近江屋さんの闕所も……」

「拙者が担当した」

問われるままに扇太郎は告げた。

「さようでございましたか」

「なにかあるのか」

ふと扇太郎は問うた。

「じつは、近江屋の娘が、身売りをいたして参りました」

「なにっ」

さすがの扇太郎も驚愕した。

「三日前のことでございました。伝手をつうじて、近江屋の娘春を買わないかとのお話がありまして、昨日品定めをいたしました」

「近江屋ほどの家で、金がないというのはみょうだな」

扇太郎は首をかしげた。

闕所は金も品物も、家も屋敷も取りあげる。だが、小伝馬町へ入れられてすぐに刑が下るわけではなかった。数日から場合によっては数カ月の日時がかかる。その間に、残された家族は、できるだけ多くのものを隠す。近江屋の闕所決定は、見せしめもあって、かなり早く決まったが、それでも多少の金を隠匿するだけの暇はあったはずである。

「詳しい事情を娘から訊いておりまする」

「教えてくれるか」

三浦屋四朗左衛門へ、扇太郎は頼んだ。

「よろしゅうございまする」

首を縦に、三浦屋四朗左衛門が振った。

「どうやら近江屋は、かなり危ないものを買おうとしていたようで、かなりの金額をややこしいところへ流していたようで、店の蔵にはほとんど金がなかったとか。さらに近江屋が捕まったことで、その筋から約定が違うと責められたとか」

「ややこしいところ……」

「香具師の親方だとか」

扇太郎の質問へ、三浦屋四朗左衛門が答えた。

「……香具師か。天満屋に訊けばわかるか」

腕を組んで扇太郎は呟いた。

「お止めになったほうがよろしゅうございますよ」

黙っていた西田屋甚右衛門が口をはさんだ。

「あの御仁は、危のうございまする」

横から西田屋甚右衛門が忠告した。

「浅草を抑えておるだけでは満足されておられませぬ。よほど吉原の地が欲しいのか、何度となく、降(くだ)るようにとおっしゃって来られまする」

西田屋甚右衛門が苦い顔をした。

天満屋孝吉の縄張りは浅草寺門前町を中心として、東は隅田川、北は山谷堀(さんやぼり)までにおよんでいる。日本堤浅草田圃にある吉原も縄張りのうちにあった。

しかし、吉原は御免色里を盾にして、天満屋孝吉の支配を受け入れていなかった。

だが、一日に千両の金を稼ぐ吉原の魅力は計り知れなかった。売り上げの一割を上納させただけで、月に三千両、年にすれば、じつに三万六千両もの金になるのだ。黙って見ているにはあまりにおいしい獲物であった。しかも、吉原に町奉行所はかかわらない。天満屋孝吉がどうしようと、誰から咎められることもなかった。

「一度などは、はぐれ者を大門(おおもん)内へ送りこんで来られまして、暴れさせようとなさったこともございまする」

話し合いで片がつかないと考えた天満屋孝吉は、金で集めた無頼や浪人者を使って、吉原を実力で手に入れようとした。

「さいわい、忘八どもの活躍でことなきを得たのでございまするが」

忘八のほとんどは、凶状持ちや、食いはぐれた浪人である。一人や二人殺したことのある者ばかりであった。ただの力自慢や、刀を振りまわすしか能のない無頼ていどでは相手にならなかった。

「そこまでやったか」

「ずいぶん前のことでございまするが」

話が終わった。

「顔役として、縄張り内に手の出せないところがあるのは、我慢ならないんだろうな」

扇太郎は言った。

浅草寺門前町という江戸でも有数の場所を治めていながら、顔役仲間の役に就いていないのは、縄張り外を抱えているからだろうと扇太郎は読んだ。

「しかし、他人の家へ土足で踏みこんでよいとの免罪符にはなりませぬ」

「言えた義理ではなかろう」

三浦屋四朗左衛門へ、扇太郎は返した。

「これは、恥ずかしいことを」

あわてて三浦屋四朗左衛門が詫びた。朱鷺を襲うために三浦屋の忘八二人は、扇太郎の屋敷へ押しこんでいた。

「立場は皆、違うからな。わかった。西田屋の言葉は覚えておこう」

扇太郎は述べた。

四

「できやした」

最初の声をあげたのは、数太であった。

「あとはこれをちょいと日にあてれば……」

数太が西田屋甚右衛門へ、書付の写しを差し出した。

「どれ。あいかわらず見事だねえ。さすがはもと右筆(ゆうひつ)だけのことはあるね」

「右筆」

聞いた扇太郎は驚いた。

右筆とは、藩主の代筆をする役目のことである。藩主の側につくことから、あるていどの身分でなければならないのは当然、そのうえ、あらゆる藩の書きものに精通する必要があり、かなり優秀な者でないと命じられなかった。

「それほどの……いや、余計な詮索であった。すまぬ」

人が、それも武士が忘八になる。それがどれだけきびしいことか、扇太郎は、興味本位だった己の言動を恥じた。

「お気になさらず」

表情を変化させず、数太が首を振った。

「どうぞ」

西田屋甚右衛門が、二つの書付を扇太郎へ渡した。

「比べてみろということか……これは」

両方を見た扇太郎が絶句した。

「まったく同一。墨の乾きが違わなければ、わからなかった」

「それが、数太の技でございまする」

なんでもないことのように三浦屋四朗左衛門が告げた。

「こちらもわかりましてございまする」

もう一人の忘八、正八が手をあげた。

「これは、神田神保町の仏具屋山城屋の百目蠟燭（ひゃくめろうそく）のものに違いございませぬ」

正八が言った。

「けっこうだ。誰か、買っておいで」

「へい」

西田屋の忘八が受けた。

「正八は、もと寺男でございましてな」

「………」

扇太郎は言葉を失っていた。

「神田まではちょっと暇がかかりましょうほどに。なにもございませぬが、昼餉など。三浦屋さんもご一緒に」

「遠慮なく」

西田屋甚右衛門の提案に三浦屋四朗左衛門が首肯した。

「正八には、あとでもう一度手伝ってもらわないといけないが、これをな」

手文庫から一分金を二枚取り出して、西田屋甚右衛門が正八と数太へ渡した。一分金は、銭千文に値する。

「旦那」

二人が三浦屋四朗左衛門を見た。

「きみがてのお心遣いだ。もらっておきなさい」

三浦屋四朗左衛門が許した。

「ありがたく」

一分金を額に当てるようにして拝み、二人の忘八が礼を言った。

「これもな」

遅れたが、扇太郎も紙入れから金を出した。

「店の忘八たちで分けてくれ」

扇太郎は一両小判を一枚出した。

「これはいただけやせん」

大慌てで正八が首を振った。

「お心だけちょうだいすれば」

数太も遠慮した。

「見栄を張らせてもらえまいか」

二人ではなく三浦屋四朗左衛門を扇太郎は相手にした。

「おそれいりまする」

三浦屋四朗左衛門が、一両を受け取った。

「のちほど忘八どもに、酒と肴をふるまうといたしましょう」

「任せた」

遊女に金をかける吉原だが、忘八たちの待遇はよくなかった。

吉原の妓に手を出すことは、何よりの御法度。知れれば妓は折檻(せっかん)の後、端女郎へ格を落とされる。忘八は有無を言わさず殺された。もちろん、吉原の外へ出ることは許されていなかった。

　女も外出も禁じられ、がんじがらめに縛られている忘八にとって、食事だけが唯一の楽しみであった。食事といえば、麦飯と塩、漬けものと具のない汁と相場が決まっていた。決まりきった献立に、色がつく。忘八衆がもっとも喜ぶ対応であった。

「西田屋」

　もう一枚を扇太郎は差し出した。

「遠慮なくいただきまする」

　西田屋甚右衛門は断らなかった。

「どうぞ」

　忘八が膳を三つ用意した。

「たいしたものではございませぬ。日ごろ、わたくしどもが食しているものでございまする」

「それがありがたい。八百善なんぞ並べられた日には、どうしていいかわからなくなっていたところだ」

　扇太郎は笑った。八百善とは、享保(きょうほう)のころ浅草山谷で開業した料理屋である。文政五年（一八二二）、『料理通』という本を刊行したことでも知られる、江戸一の料亭であった。当然のことながら、一人当たりの費用はとてつもなく高く、一両をこえることもままあった。

西田屋甚右衛門が用意した膳は、豆腐の汁、菜の煮物、魚の干物がのっているだけの簡素なものであった。

「太夫たちも、同じものかい」

「いえいえ。太夫は遊女屋の看板でございまする。量は多くございませぬが、白身の魚、卵などを食べさせておりまする」

茶碗を置いて三浦屋四朗左衛門が答えた。

「わたくしどもは格子だけでございますから、そこまでよろしくはございませぬが、女は血を流すもの。血を補うように魚はかならず食べさせておりまする」

吉原最古の見世でありながら、西田屋にはもう何代も太夫が居なかった。

「妓の里だけのことはあるな」

干物をつつきながら扇太郎は感心した。

貧乏御家人の家では、魚など月に一度でも出ればいいほうで、ほとんど、漬けものと汁だけの生活である。それに比べれば、遊女がよほどましであった。

「うまいな」

扇太郎は感嘆した。

「江戸町二丁目にあります仕出屋のもので」

吉原の遊女屋には、忘八や遊女の賄いをするていどの台所しかなかった。吉原には客を取る以外の女がいなかったためである。客に出すものは、すべて大門内にある仕出屋から取り寄せた。

三浦屋四朗左衛門と西田屋甚右衛門にはさまれて扇太郎は、吉原帰りに襲われたことなどを話し、食事を終えた。

「馳走であった」

ていねいに扇太郎は礼を口にした。

「お粗末さまでございました。そろそろ、使いに出した忘八が戻りましょう」

西田屋甚右衛門の言うとおり、食後の茶を喫しているところへ蠟燭が届けられた。

ふたたび三浦屋から正八が呼ばれた。

「頼んだよ」

「へい」

正八の手に、書付が渡された。

持ちこんだ風炉(ふろ)に鍋をのせて、まず正八は湯を沸かした。湯が煮立つと、そこへ蠟燭を小さく砕いて加える。

「蠟をまず溶かしまする」

正八が説明した。

「直接溶かしてはいかぬのか」

「それですと蠟に鍋の金気(かなけ)が移りまする。この封印の蠟に金気はございませぬ」

「ううむ」

問うた扇太郎はうなった。

「蠟は、もともと木。水より軽く浮きまする。こうすれば、煮立った水の上に、きれいに溶けた蠟が……」

言いながら、書付を収めた竹筒の先を、溶けた蠟へ浸した。竹筒をそっと沈めて蠟をつけた後、正八は水へと浸けた。

「こうやって固めれば、完成でございまする。あとは、一度炉の灰へ沈めれば」

「できあがりか。おそれいったわ。拙者一人でやっていたら、すぐにばれただろう」

扇太郎は、感心した。

「これを鳥居どのに渡せばいいのは、わかった。こちらの偽ものはどうするのだ」

日干しされて、墨の色が少し褪せた偽の書付を扇太郎は手にした。

「投げこむのでございますよ」

淡々と西田屋甚右衛門が述べた。

「どこへ」

「ご老中水野越前守忠邦さまのお屋敷へ」

「なんだと」

西田屋甚右衛門の言葉に、扇太郎は絶句した。


扇太郎は吉原から帰ると、身形を整えて鳥居耀蔵の屋敷を訪れた。

「なんじゃ」

珍しく鳥居耀蔵は在宅していた。

「高野長英宅の闕所で、このようなものが出て参りました」

懐から袱紗に包んだ竹筒を取り出した。

「闕所からかなり日にちが経っておるようだが」

袱紗に手をかけることなく、鳥居耀蔵が咎めた。

「あいにく、わたくしの手元に届いたのが、今朝方だったもので」

扇太郎は顔色を変えることなく答えた。

「どういうことだ」

「闕所に立ちあわせた天満屋孝吉のもとへ参っていたようで」

「…………」

鳥居耀蔵が黙った。

闕所は屋敷のなかのすべてを取りあげる。それこそ、台所の竈の灰まで闕所の対象となるのだ。高野長英の屋敷にあったものを、天満屋孝吉は持ち去って当然であった。

「で、売れそうにもないということで、わたくしのもとへ戻されてきたのが、今朝でございました」

「そうか」

ゆっくりと鳥居耀蔵が袱紗を開いた。

「……ほう」

一拍あってから、鳥居耀蔵は竹筒を取りあげた。

「そのままか」

「開けておりませぬ」

鳥居耀蔵の問いかけに、扇太郎は首を振った。

「なぜ確認しなかった」

　さらに鳥居耀蔵が追及した。

「あからさまに怪しいものに触れたくはありませぬ」

　扇太郎は拒絶した。

「小者らしい保身か」

「馬鹿さえせねば、子々孫々まで楽ではありませぬが、食べていけますので」

「たわけが。いざというとき、命を捨てて戦う代償が、先祖代々の禄。安穏と受け継いでいけると思うな」

　きびしく鳥居耀蔵が叱った。

「われわれが出なければならぬ戦いなど起こりますまい。徳川の勢威は天下をあまねく把握しておりまする」

　徳川の力を持ち上げて扇太郎は鳥居耀蔵の怒りを抑えた。

「当たり前じゃ。大名どもに徳川家へ逆らうだけの力も気概もない。だが、異国の者どもは違おう。あの者たちは、野蛮で上様のご威光がわからぬゆえ」

「異国と戦うとなれば、いたしかたありませぬな。先祖代々養っていただいただけの働きはして見せましょう」

扇太郎は述べた。

「当然のことだ。もうよい、下がれ」

鳥居耀蔵が手を振った。

「では、これにてごめん」

そそくさと扇太郎は鳥居耀蔵の前から逃げだした。

「異国と戦うことになんぞ、なってたまるか」

屋敷を出た扇太郎は、吐きすてた。

「殺し合いなんぞ、ごめんだ。そうならないようにするのが、お偉いさんの仕事だろう。伊達に人の何十倍もの禄をもらっているわけじゃないだろうに」

黒々とそびえる江戸城へ、扇太郎は、目をやった。

扇太郎を帰した鳥居耀蔵は、竹筒をていねいに見た。

「蠟に金気の匂いはない。煤もついていない。開けた様子はない」

乱暴に封印を鳥居耀蔵が開けた。

「書付にも異常はない……本当にあやつはこれを開けていないのか」

丹念に鳥居耀蔵は竹筒を調べなおした。

「ふん」

鳥居耀蔵が笑った。

「何ともなさすぎる。蠟の封緘がこれほど完璧なことはありえん。普通に持ち運びしただけで、端の薄いところは欠けて当然。それがまったくないということは、よほど慎重に、壊さぬよう万全を期して移動したということだ。これの真の意味に気づいていなければ、そこまでするはずはない」

竹筒を鳥居耀蔵は捨てた。

「手助けした者がおるか。とてもあやつ一人でできることではない。ふむ。おもしろい。これだけのことをしてのける者を、榊は使えた。榊の配下は、余の手足。存分に使わせてもらおうか」

小細工を見抜いた鳥居耀蔵が小さく笑った。

同じ夜、西の丸下にある老中水野越前守忠邦の上屋敷へ、一つの投げ文がされた。

「またか」

目立つよう、大門の真下に置かれていた投げ文を見つけた門番が嘆息した。天保のころ、気候の不順が続き、米の値段が乱高下していた。米の相場を安定させて欲しいと願う庶民の投げ文が、毎日のように老中宅に届けられていた。

拾いあげた門番は、玄関へと向かった。開かずにそのままの状態で、玄関脇に控えているお使い番へ渡す決まりであった。

「またもや、このようなものが」

「ご苦労」

受け取ったお使い番が、門番を下がらせ、書付を開いた。

「こ、これは……」

あわててお使い番は、奥へと走った。

持ち帰った仕事を片づけていた水野越前守は、慌ただしく廊下を駆ける音に眉をひそめた。

「騒々しいぞ」

主君が眉をひそめたのを見た家老拝郷源左衛門(はいごうげんざえもん)が、叱りの声をあげた。

「御前に、御前に」

玄関から走ってきたお使い番が、拝郷源左衛門へ膝をつくこともせず、書付を差し出した。

「落ちつかぬか。御前ぞ」

たしなめながら書付を受け取った拝郷源左衛門も顔色を変えた。

「ひ、控えておれ」

お使い番を残して、拝郷源左衛門は水野越前守のもとへと戻った。

「慌ただしい、源左まで、なにをしておるのだ」

文机から顔をあげて、水野越前守があきれた。

「も、申しわけございませぬ」

急いで拝郷源左衛門が膝をついた。

「これを、ご覧くださいませ」

「なんじゃ。いつもの投げ文であろう。余が見るほどのものか」

苦情を漏らしながらも水野越前守は、投げ文を受け取った。

「…………」

声を漏らさなかったのはさすがであった。

「まことなれば、大事ぞ」

水野越前守が息を飲んだ。

「尚歯会のものどもは、今ほとんど捕まっておりまする」

「うむ」

拝郷源左衛門の話に水野越前守がうなずいた。

「江川太郎左衛門の名前もある」

水野越前守がうめいた。

「まずうございまする。江戸湾海防の試案は江川へ任せたところ。その江川に謀叛の動きがあるとなれば海防は形だけのものとなり、異国の船は易々と江戸へ近づきましょう」

「その責任は余に来るな」

小さく水野越前守がうなった。

「いかがいたしましょう。先手を打って、江川太郎左衛門を……」

低い声で拝郷源左衛門が言った。

「いや。もう間に合わぬ。今更江川を排したところで、遅い」

水野越前守が首を振った。

「では、どのように」

「この投げ文の出所を探れ」

「はっ」

拝郷源左衛門が首肯した。

「偽であるやも知れぬ。これに躍らされて騒いでは、儂の執政としての資質を疑われることになる」

老中といえども将軍にとっては家臣でしかない。大御所家斉を始めとして、諸事倹約をうるさく言う水野越前守を煙たく思っている者は、幕府には多い。わずかなことでも足を引っ張られることになった。

「もし本物であったならば……」

おそるおそる拝郷源左衛門が問うた。

「なかったものとするしかあるまい」

ゆっくりと水野越前守が言った。

第五章　謀略の構図

一

直接将軍へ意見を具申することもでき、たとえ御三家であろうとも咎められる。江戸城中においてほぼ無限の権を持つ目付でさえ、手の出せない場所が三つあった。一つは将軍家居間である御休息之間、続いて老中の執務室である上の御用部屋、そして幕府すべての文章を扱う奥右筆部屋であった。

まだ将軍家御休息之間は、入れるだけましであった。残り二つは、どのような理由があろうとも足を踏み入れることさえ許されていなかった。

竹筒を受け取った翌朝、登城するなり鳥居耀蔵は、上の御用部屋へと向かった。

「ご老中水野越前守さまに、お目にかかりたい」

鳥居耀蔵は御用部屋前で控えている御殿坊主へ声を掛けた。

「ご多用中につき、半刻（約一時間）誰の面談も受け付けぬとのことでございまする。しばし、お待ちくださいますよう。あと、お訪ねはお伝えいたしまするが、お許しの許諾はわかりかねまする」

老中へ面会を求める者は多い。すべてを受け付けていては、老中の執務が滞る。御殿坊主のなかからとくに選ばれた者が任じられるだけあって、御用部屋坊主は目付相手にもいつもどおりの対応をした。

「緊急かつ重要な案件である。幕府の根本にもかかわることぞ。ただちに取り次がねば、遅滞の罪を免れぬぞ」

きびしい口調で鳥居耀蔵が脅した。

「上様の御用でないかぎり、お目付さまといえども承るわけにはまいりませぬ」

脅しにも御用部屋坊主は屈しなかった。

「きさま、名前は」

鳥居耀蔵が訊いた。

「古屋心泉（こやしんせん）にございまする」

「そうか。覚えておこう。吾は目付鳥居……」

「存じあげておりまする」

名乗りを古屋がさえぎった。

「……おのれ」

目付の権威を気にもしない古屋に、鳥居耀蔵は歯がみした。

誰もが顔色をうかがう目付に対して、御用部屋坊主が強く出られるのにはわけがあった。

他の御殿坊主ならば、目付の一言で罷免されかねないが、老中たちの雑用をこなす御用部屋坊主だけは別であった。幕府の最高権力者老中たちのお気に入りだからである。

一日中執務に追い回されている老中たちにとって、茶を出すとき、その濃さ、来客のあしらいなどで、さりげなく支えてくれている御用部屋坊主は、得難い存在である。新しい御用部屋坊主が来れば、なじむまでどうしても執務に齟齬が出てくるのだ。よほどのことでないかぎり、御用部屋坊主に異動などの措置はとられることがなかった。

「…………」

ぐいと御用部屋坊主を睨みつけた鳥居耀蔵だったが、それ以上は言えなかった。我を押せば、老中の不興を買うことになりかねなかった。鳥居耀蔵を手足として使っている水野忠邦でも、他の老中すべてから嫌われれば、いかに腹心とはいえかばいきれなくなる。黙って鳥居耀蔵は、御用部屋を少し離れた畳廊下の隅へ腰を下ろした。

待つだけのときは長かった。

　幕政の中心である御用部屋には、上と下があった。老中が執務する上の御用部屋、廊下をはさんである若年寄の詰所が下の御用部屋であった。この二つで幕府すべての政策が作られ、施行されていく。当然、各所の役人たちも老中や若年寄への報告をおこなうために集まってきていた。

「そこな者。畳の縁を踏んでおる」

「これはお目付どの」

　あわてて役人が、頭を下げた。

　黒の麻裃を身につけると決まっている目付は、一目でわかる。御用部屋付近にいた役人たちが、一気に緊張した。

「以後気をつけるようにいたせ」

　それ以上の咎めを鳥居耀蔵はしなかった。登城停止にしても問題ではないが、そのあとの手続きを鳥居耀蔵は嫌った。多くの役人を抱える幕府を動かしているのは文書である。目付の誰が、どこの者を何の理由で咎めたかも、決まった様式の書付としてただちに出さなければならないのだ。この場を離れれば、鳥居耀蔵の面会はあとに回されることになる。

　それを鳥居耀蔵は嫌った。

「かたじけなく」

役人が、これ以上咎められてはかなわないとばかりに、そそくさと御用部屋から離れていった。

「まだか」

じりじりしていた鳥居耀蔵に、ようやくお呼びがかかった。

「まもなく、水野越前守さま、お見えになりまする。今しばし、そこでお待ちなされますように」

古屋が告げに来た。

「うむ」

小さく鳥居耀蔵はうなずくだけで、古屋を見もしなかった。

老中との面会が許されても、御用部屋へ呼ばれるわけではなかった。

「待たせたようだな」

さらに小半刻（約三十分）ほどして、ようやく水野忠邦が姿を現した。

「緊急の用件ということだが、黒書院溜（くろしょいんだまり）を使うか」

「ぜひに」

周囲を見渡しながら、鳥居耀蔵は水野忠邦の申し出を受けた。

黒書院溜とは、老中が同僚や役人と密談をするための場所であった。御用部屋から廊下を一度曲がって突き当たったところにあり、用もなく近づくことは禁じられていた。

「申せ」

黒書院溜に腰を下ろした水野忠邦が命じた。

「これをご覧くださいませ」

鳥居耀蔵は、懐から書付を取り出した。

「これは……」

ちらと見た水野忠邦が問うた。

「蘭学者どもによる謀叛の企みを記したものにございまする」

勢いこんで鳥居耀蔵が話した。

「どこで手に入れた」

冷静な声で水野忠邦が訊いた。

「先日捕縛されました高野長英の屋敷、そこの炉の灰から、竹筒に封印された状態で出て参りました」

「……高野長英。蘭方医のか」

「はい。高野長英は尚歯会の中心ともいうべき者。長崎へ留学していたこともあり、南蛮のことについてもくわしく、江戸において蘭学の知識を拡めておりました」

鳥居耀蔵が説明した。

「そのくらいは、余でも知っておる。訊きたいのは、なぜ、高野長英がこのような企みを作りあげたかということじゃ。蘭方医ならば、病人を治療するのが仕事であろう。謀叛を起こす理由が見つからぬ」

水野忠邦がたしなめるように言った。

「蘭学に心を冒されたからではございませぬか」

推論を鳥居耀蔵が口にした。

「今では目にすることもできなくなりましたが、南蛮、彼の地の宗門、きりしたんは、神のためなら死ぬことも厭わぬと申しまする。もちろん、我が朝にも戦国のころの一向宗など、いくらでも例はございまするが」

鳥居耀蔵が続けた。

「ほう。高野長英はご禁制のきりしたんになったというか」

「高野長英だけではございませぬ。ここに名のある者はすべて、そうだと考えるべきでございまする」

眉を片方だけ上げて話す水野忠邦に、鳥居耀蔵は述べた。

鳥居耀蔵の狙いはここにあった。絵空事に近い南蛮と手を組んでの謀叛より、隠れきりしたんのほうが、真実みが増す。なにより、きりしたんの詮議は、町奉行所ではなく、宗門改めを兼任する目付の仕事なのだ。隠れきりしたんの容疑で捕らえた者には、かなりきびしい取り調べをおこなうことが許されており、町奉行所では老中の許可がないとできない石抱きや、逆さ水責めなどもできた。

「ただちにこの者たちを、町奉行所から宗門改め屋敷へ移したく、ご許可をいただきますようお願い申しあげまする」

仰々しく鳥居耀蔵が平伏した。

「ならぬ」

水野忠邦が拒絶した。

「なぜでございまするか。きりしたんは一日放置しただけで増えていきまする。将軍家にではなく、異国の神に忠誠を誓う者が多くなれば、幕府は維持していけませぬ。いずれはきりしたんが、異国の船の助けを受けて、叛旗をひるがえすやも知れませぬ」

鳥居耀蔵がすがった。

「…………」

じっと水野忠邦が鳥居耀蔵を見た。

「小局に捉われすぎじゃ。もっと大所高所からものを見るようにせぬと、幕府を支えていく柱となることはできぬぞ」

「……はっ」

叱られて鳥居耀蔵が頭を下げた。

「まず、これが本物だという証はどこにある」

水野忠邦が書付を放り投げた。

「秘匿されたうえ、厳重な封緘もされていたのでございまする。偽ものとは思えませぬ」

「密書の偽造など、戦国の昔からやっておるわ」

あきれたと水野忠邦が首を振った。

「まず、これが真正であることを示せ。それができるまで、いっさいの動きを禁じる。よいか、勝手に蘭学者どもへ手出しをするな。命に反したときは、二度とそなたは浮かびあがらぬ」

「はっ」

きびしく命じられて、鳥居耀蔵は恐縮した。

「下がれ」

立ちあがって水野忠邦は手を振った。

「失礼いたしまする」

鳥居耀蔵が黒書院の襖を開けた。

「失望させるな」

「はっ」

廊下にふたたび平伏して、鳥居耀蔵が去っていった。

「小人じゃな」

一人残った水野忠邦が鳥居耀蔵を評した。

「たった一枚の紙切れに踊らされるようでは、話にならぬ。裏付けが取れてもおらぬうちに謀叛だ、隠れきりしたんだなどと騒いでどうするのだ。ことが大きくなればなるほど、功は大きい。しかし、失敗したときは立ちあがることができぬほどの傷を負う。幕府のなかが一枚岩でないことなど、言わずともわかっておろうに」

水野忠邦は御用部屋へと足を進めた。

「町奉行を狙っているようだが、まだまだよな」

独りごちた水野忠邦は、積み重なっている用件を片づけるため、御用部屋に戻った。

水野忠邦にあしらわれ憤懣（ふんまん）やるかたない表情のまま、江戸城の廊下を歩いていた鳥居耀蔵に声がかけられた。

「鳥居どの」

「これは御側役(おそばやく)どの」

鳥居耀蔵は足を止めた。鳥居耀蔵を呼んだのは大御所家斉の側近、御側御用取次(おそばごようとりつぎ)水野美濃守忠篤(みののかみただあつ)であった。

御側御用取次は、将軍にあげられるすべての用件を差配した。たとえ老中であろうとも、御側御用取次から「そのようなことは上様へ申しあげられませぬ」と拒絶されれば、引き下がるしかないほどの権を持っていた。ただし、目付の言上をさまたげることだけはできなかった。

「なにか」

「いや、いつもいつも忠義の厚さ、この美濃守感心しておりますぞ」

「かたじけない」

水野忠篤の言葉に、鳥居耀蔵は礼を述べた。

「大御所さまも、鳥居どのの精勤振りはお気に留めておられる」

「おそれおおいことでございまする」

家斉の名前が出たことで、鳥居耀蔵は深く頭を垂れた。

「一度、ゆっくりとお話がしてみたい。いつでもよろしいゆえ、吾が屋敷までお見えくだされ」

「ありがたきことながら、目付は交際をいたさぬもの」

清廉潔白を旨とする目付は、親戚とのつきあいさえ断つのが慣例であった。鳥居耀蔵は招きを断った。

「なれば、勘定奉行、いや、町奉行にでもなられたら、是非にな」

それだけ言うと水野忠篤が去っていった。

「余を誘っておるのか。なぜに」

鳥居耀蔵は、水野忠篤の話に裏を感じていた。

思案しながら目付部屋へと戻った鳥居耀蔵は外出の用意をした。

「ちと外へ出て参る」

目付部屋に詰めている当番目付へ告げると、鳥居耀蔵は江戸城を出た。

「証をもってこいか」

鳥居耀蔵は頬をゆがめた。

二

扇太郎は虚空蔵（こくぞう）から野礼幾的爾（えれきてる）を預かっていた。

「こうなっておるのか」

虚空蔵から、詳しく手入れの方法を聞いた扇太郎は、手順に従って野礼幾的爾を分解していた。

外から中が見えないよう、四角い白木の箱に収められた野礼幾的爾は、天板をはずすことで内部構造を見ることができた。

「取っ手を回すとなかのぎやまん瓶が回り、包んでいる獣の毛とこすれる」

構造はわかったが、どうしてこれで火花が散ったり、身体がしびれたりするのかは、扇太郎には理解できなかった。

「この光は雷に似ている」

規模は違いすぎるが、取っ手を回すことで発生する光が、稲妻にそっくりであった。

「これを江川太郎左衛門どのは、どうしようというのだ」

扇太郎は首をかしげた。

「お奉行さま」

あわただしく手代の大潟が駆けこんできた。

「どうした」

今まで手代たちは表の詰所と厠以外に入ることはなかった。その大潟が、扇太郎の居室にまで来ただけでなく、顔色も変えていた。

「つ、詰所に、お目付さまが、お目付の鳥居さまが」

大潟があわてていた。

「なにっ」

さすがの扇太郎も驚愕した。

「少し待っていただけ、すぐに片づける」

「はっ」

大潟を戻して、扇太郎は野礼幾的爾を大急ぎで押し入れへと隠した。蘭学を目の仇にしている鳥居耀蔵に野礼幾的爾を見せたりしたら、どうなるかは火を見るより明らかであった。

「朱鷺、茶を」

台所へ怒鳴るように命じて、扇太郎は玄関へと向かった。

「これはお目付さま、ようこそおいでくださいました」

詰所の中央に座っている鳥居耀蔵へ、扇太郎は膝をついた。

「執務のときであろう。奉行が席をはずすなど、どういうことだ」

「ちと、奥の間で調べものをいたしております。ここでは、お話もうかがえませぬ。どうぞ、こちらへ」

睨みつける鳥居耀蔵を、扇太郎は誘った。

「案内いたせ」

鳥居耀蔵が立ちあがった。

八十俵三人扶持の御家人屋敷である。二千五百石の鳥居家と比べるまでもなかった。廊下を少し歩いただけで、二人は居室へ着いた。

「どうぞ」

扇太郎は、上座を勧めた。

武家は敷物をしかなかった。敷物を使用できるのは、隠居してからか、もしくは足腰の調子が悪いときにかぎられていた。

二人は直接畳の上へ腰を下ろして対峙した。

「失礼いたしまする」

見計らったように朱鷺が、二人分の茶を持ってきた。

「粗茶にございまする」

鳥居耀蔵の右前へ、茶碗を置き、続いて扇太郎のところへも茶を出した。

「ご無礼を」

出ていこうとした朱鷺へ、鳥居耀蔵が声をかけた。

「屋島伝蔵の娘、伊津（いづ）であるな」

「……っ」

朱鷺が小さく身体を震わせた。

「旗本百八十石取りの娘が、なぜこのようなところで女中のまねごとをいたしておる」

鳥居耀蔵がきびしく問うた。

「かかわりがありまして、ときどき手を貸してくれておるのでございまする」

代わって扇太郎が答えた。

「ふん」

鼻先で鳥居耀蔵が笑った。

「屋島にあまりよい評判を聞かぬ。一度大きな借財を作ったが、それはなんとか返したらしい。しかし、近年、御番入りを願ってまた金をあちらこちらに撒いておるとの噂だ。百八十石ではまかないきれぬほどのな」

「………」

朱鷺がうつむいた。

「しかし、一度借財で家を潰しかけたことは、誰もが知っておる。そのような者へ、御番入りを推挙してやる者はおらぬ。何かあれば、推した己にも責任が回ってくる。金を撒いても砂地に水を垂らすようなまねでしかない。あのままでは、ふたたび屋島の家は危なくなるぞ」

目付は、徒目付や小人目付を遣って、旗本御家人のあらゆる噂などを集めていた。

「それは知りませなんだ。一度さりげなく注意を申しあげるといたしましょう。下がりなさい」

「ご免くださいませ」

扇太郎に助けられて朱鷺は、居室から出ていった。

「うまく逃がしたつもりか」

冷たく鳥居耀蔵が扇太郎を見た。

「とんでもございませぬ。いつまでも女がいては、お目付さまがお話しできぬのではないかと考えただけでございまする」

扇太郎は首を振った。

「……まあいい」

鳥居耀蔵が認めた。

「で、御用は」

あらためて扇太郎は問うた。鳥居耀蔵の屋敷に呼ばれることはあっても、向こうが来ることはなかった。特異なことに扇太郎は、内心戸惑っていた。

「先日の竹筒のなかに、このような紙切れが入っていた」

懐から鳥居耀蔵が書付を出した。

「見させていただいてよろしいのでございまするか」

膝前に置かれた書付に手を出さず、扇太郎は問うた。

「うむ」

「拝見」

扇太郎は書付を持った。

「これは……」

驚いた風を装って扇太郎は鳥居耀蔵を見た。

「ただちに御上へ……」

あわてた扇太郎を、鳥居耀蔵が氷のような目で見た。

「目付の儂以外の誰に報せるというのだ」

「町奉行どのへ」

扇太郎は答えた。

「たしかに町人どものことは、町奉行所の管轄である。しかし、代官江川太郎左衛門や、勘定吟味役川路聖謨などは、幕臣である。幕臣を捕らえることができるのは、目付だけぞ」

「たしかに」

鳥居耀蔵の言葉に扇太郎は首肯した。

「で、このようなものをわたくしへ見せて、お目付さまは、なにを」

「裏付けを取ってこい」

「なんと仰せで」

命令を扇太郎は確認した。

「わからぬのか。このような紙切れ一枚で、幕臣をどうこうできるわけがなかろう。他の物証を探れと命じておる」

「ご無礼ながら、そのようなお役目は、徒目付の仕事でございましょう。闕所物奉行（けっしょものぶぎょう）に詮議する権はございませぬ」

「近江屋の闕所で出て参った手紙があったはずだ。あのようなものがまだ出てくるはず。いや、あの手紙の意味を探れ」

「江川太郎左衛門どのの要求を作ってみせよと」

「うむ。それでもよい。江川がなんの目的もなく飾り物を作るなどありえぬ。なにかしらの裏があるはずじゃ」

「はあ」

　扇太郎は曖昧な返事をした。

　吉原で三浦屋四朗左衛門から、近江屋の娘が身売りしてきたとの話を聞かされた扇太郎は、あるていどのことを読んでいた。ただ、それを鳥居耀蔵へ告げることは、確実に江川太郎左衛門を陥れることになった。すでにことは手紙の問題をこえていた。

「命じたぞ」

　鳥居耀蔵が立ちあがった。

「…………」

　無言で扇太郎は頭を下げた。

「身売りは御法度じゃ。売った者も買った者も、改易の上闕所じゃ。闕所物奉行が闕所になるなど、世のもの笑いでしかないぞ」

足を止めた鳥居耀蔵が言った。

「あと、隠し売女は、吉原で終生奉公させられるのが決まり。余の庇護なくば、伊津は明日にも吉原で客を取ることになる。しかと覚えておくがいい」

扇太郎の答えを待たず、鳥居耀蔵は出ていった。

「……おのれはなにさまのつもりだ」

鳥居耀蔵の気配が消えたのを確認して、扇太郎は吐きすてた。

「恥を掻かされたことへの腹いせで、どれだけの家を潰すつもりだ」

書付に書かれている人数は十人ではすまなかった。謀叛となれば、それ以上の者が巻きこまれ、刑場で命を散らすことになる。

「ふざけたことを」

腹立たしいと扇太郎は、鳥居耀蔵が口も付けなかった茶碗を、庭へと投げすてた。鈍い音がして茶碗が砕けた。

「かわいそうなことを」

現れた朱鷺が、庭へ降りて茶碗の破片を集めた。

「ものにも命がある。使っているうちに壊れたならば、寿命。でも、故意に壊すのは、殺すのと同じ。役割をまっとうせずに潰されたものの哀れさ……」

朱鷺が扇太郎を咎めた。

「すまぬ。我慢できなかった」

たしなめられて扇太郎は、頭にのぼっていた血を下げることができた。

「思うようになされればいい」

茶碗の破片を庭の隅へ埋めながら、朱鷺が呟いた。

「そうはいくまい。下手をすれば、おまえは吉原、屋島と榊はお取り潰しだ。権を持つ者は強い」

扇太郎は嘆息した。

「かまわない」

目を合わそうとせず、朱鷺が述べた。

「一度は死んだ身。生きて地獄にある者、それが遊女。どうなろうと行きつく先は一つ」

「朱鷺……」

淡々と言う朱鷺に、扇太郎は息を飲んだ。

「人はかならず死ぬ。早いか遅いかだけ」

「死ぬ気か……」

吉原へ売られたら、朱鷺は自害するつもりだと扇太郎は悟った。

「どうやったら死ねるか。そればかり考えていた。身売り証文があるから、自害することはできない」

朱鷺が縁側で正座した。

身売りとは借金と同じであった。借金を返し終わる前に、死んだときは、親元へ残額分の請求が行った。姉が遊女勤めの辛さに耐えかねて自害したため、残りの借金分のかたとして、妹も遊郭へ身売りさせられた例も多い。

「毎日毎日病で死ぬことばかり夢見てきた」

静かに朱鷺が過去を語った。

「一日、股を開きながら、死ばかり考えていた。そうすれば、誰にどうされようともなにも感じずにすんだ。気がついたら男が代わっていたこともある」

「…………」

決して男ではわからぬ苦行に扇太郎は言葉を失った。

「あのとき、首に刀を突きつけられて、ほっとした。ああ、やっと死ねると」

朱鷺の勤めていた遊郭尾張屋の閾所で、暴走した男衆が妓を人質に立て籠もった。その人質が朱鷺であった。扇太郎の活躍で朱鷺は助け出されたが、乳房に傷が残った。

「でも、わたしは助けられた。命だけでなく、女としても」

「女として……」

扇太郎は訊いた。

「女の夢は、愛しき人の子を産み育むこと。遊女には絶対にできない、いや、許されない。孕んだ遊女は客を取れない。客を取れなければ、金を稼げない。孕んだとわかった遊女は、無理矢理堕ろさせられる」

どこの岡場所にも中条流という堕胎専門の怪しい医者がいた。若い柳の枝を葉が付いたまま、女の身体のなかへ入れ、掻き回すようにして胎児を殺すことで堕ろすのだ。もちろん、成功するより、なかにつけられた傷が原因で死ぬ遊女のほうが多かった。

「吉原へ売られるはずだったわたしは、ここへ連れて来られ、客を取らずにすんでいる。子をなしたとしても誰が父親かもわからぬ思いをしなくていい。これは、女として幸せといわないが、不幸ではない」

朱鷺が小さく笑った。

「一度地獄から出たわたしは、二度と戻りたいとは思っていない」

はっきりと朱鷺が首を振った。

「だから、わたしのことは気にしなくていい」

覚悟を朱鷺は見せた。

「そうかと納得できる話ではないな」

じっと見つめてくる朱鷺へ、扇太郎は首を振った。

「吾が不満だ。女を犠牲にしてまで、残さねばならぬほどの家でもない。後を継がせる子がいるわけでもないしな」

扇太郎も見つめ返した。

「身体を合わせることで、情もかよう。それが男女というものだろう」

「………」

朱鷺が頬を染めた。

「こうなると問題は屋島か」

腕を組んで扇太郎はうなった。

女はいつも実家を慕っている。女は家につき、男は人につく。扇太郎は嫁に行った姉が、両親存命のころなにかにつけて里帰りしてきたことを忘れてはいなかった。今でも一カ月に一度は、扇太郎の自堕落な生活を叱りがてら仏壇を拝みに来る。

女にとって婚家はあくまでも嫁ぎ先なのだ。

「なくなってしまえばいい」

感情をあらわに朱鷺が吐きすてた。

「そういうわけにもいくまい」

扇太郎は首を振った。

「わたしにとって、関係のないこと」

朱鷺が拒否した。

「無理をするな」

ゆっくりと扇太郎は言った。

人にとって最悪の感情は憎悪ではなかった。無関心なのだ。父に売られた経緯で、朱鷺が実家に憎しみを抱くのは当然である。口ではどうでもいいと言いながら、朱鷺は実家の名前が出るたび、あからさまな態度を見せていた。扇太郎は、朱鷺のなかに実家への複雑な想いが渦巻いていることを知っていた。

「無理などしていない。屋島が潰れようとどうしようと、わたしは気にしない」

はげしく朱鷺が首を振った。

「そうか」

扇太郎はそれ以上追及することを止めた。朱鷺のなかで解決することであり、扇太郎が主となり導くことは許されない行為だった。

「屋島のことは置いておこう」

話を扇太郎はきりかえた。

「もう一つの問題がある」

「…………」

ゆがんでいた朱鷺の表情が戻った。

「鳥居燿蔵の意に従えば、どこまでも喰い付かれる」

扇太郎は嘆息した。

目付は旗本のなかの旗本として、とくに優秀なものから選ばれる。目付に任じられたということは、鳥居燿蔵の能力が、抜きんでていることの証明であった。

優秀な高禄の旗本は、出世の願望が強い。とくに儒学の大元林家から出た鳥居燿蔵は、蘭学を江戸の町にはびこらせないためには、市中をきびしく取り締まるしかないと、町奉行への就任を渇望していた。

乱世ならば戦で敵の首を取り、出世できた。しかし、泰平となった今では、出世するには治世での手柄が必須である。己一人で立てる手柄には、限度があった。どうしても一人では、両手に届く範囲しか処理できない。ために鳥居燿蔵は、扇太郎の力を認め、手足として使っているのだ。役に立たなければ当然、鳥居燿蔵はあっさりと扇太郎を捨て、新しい手足を求める。それだけなら出世など欲していない扇太郎にとって、困るどころか喜ばしい結果であった。だが、権力を目指す者にある闇をもっともよく知るのが手足なのだ。うかつに放任しては、敵方に取りこまれ、障害となりかねない。要らなくなった手足は切りとるだけではなく、消し去らねば、身が危なくなる。

鳥居耀蔵に不要と見放されたならば、まちがいなく扇太郎の命はなくなった。

逆に、求められた任を見事に果たせば、さらなる困難を押しつけられるのも明白であった。それこそ、鳥居耀蔵が望む権力を手に入れるまで、扇太郎はすり減るほど使われることになる。

「せめて鳥居耀蔵が、目付でなくなるまでは捨てられるわけにいかぬ」

扇太郎は呟いた。

目付の権は旗本にとって、町奉行や勘定奉行より強力であった。格は上だが、町奉行や勘定奉行に旗本をどうこうする権はない。保身のためにも、扇太郎は鳥居耀蔵を出世させるしかなかった。

「江川どのを差し出すか」

扇太郎は目を閉じた。

将軍への忠義などとうの昔に涸れ果てている。貧乏な御家人にとって、守るべきは己とその家族だけなのだ。いかに尊敬している江川太郎左衛門であっても、朱鷺とは比べられなかった。

「だめ」

朱鷺が近づいてきた。

「矜持を失っては、旗本でなくなる」

「……………」

ゆっくりと扇太郎は目を開いた。朱鷺のなかに残っている未練が、扇太郎には辛かった。売られたからこそ、憎みながらも旗本の娘という立場を欲している朱鷺の心根が、哀しかった。

「矜持で生きていくことはできぬ」

わざと突き放すように扇太郎は言った。

「なにより、矜持を持っている旗本がどれほどいる。誰も彼も俗物ばかりではないか」

「……………」

朱鷺が沈黙した。

「出世のために金を撒き、同僚の足を引っ張る。名誉か禄か、欲しているものは俗なものでしかない。まだ己の家禄や名声にこだわらぬだけ、鳥居はましかも知れぬ」

扇太郎は述べた。

「同意する気はもともとないが、蘭学を目の仇にする鳥居が見ているのは、幕府百年の安泰だ。もちろん、恥を掻かされた恨みから、江川太郎左衛門どのを狙っているのは、ただの私怨でしかないがな」

何年も配下であった扇太郎は、鳥居耀蔵のことをよく理解していた。誰よりも早く役所に入り、人がいなくなってから下城する。任に対して、あれほど真摯な役人を、扇太郎は見たことがなかった。

「だからこそ、困るのだ。他の役人のように配下に丸投げして、その手柄を吾がものとするだけの俗物ならば、騙しようもある」

江川太郎左衛門の手紙と近江屋が手に入れようと香具師へ依頼していた高価な道具。この二つだけで、鳥居耀蔵は、江川太郎左衛門がなにを求めていたかなど容易に見抜く。鳥居耀蔵が作った偽の書付を写して、水野忠邦のもとへ投げこんだお陰で、なんとか防いだ江川太郎左衛門捕縛が、無駄になる。

「今回はかかわりなしとして、見逃された江川どのが、捕まるだけではすまぬ。江川どのは、幕臣。そして、その先には松平伊勢守どの、川路聖謨どのら、お歴々がいる。お二人とも蘭学への造詣が深いだけではなく、鳥居の出世競争の相手でもある。鳥居は遠慮なく目付の権を振るうだろう」

「好都合なのでは。鳥居さまを出世させれば、旦那さまにも有利になる」

朱鷺が問うた。

「いや」

扇太郎は否定した。

「出世はしてもらわねばならぬ。しかし、これはつごうが悪い。あの書付に江川どのらの名前があったにもかかわらず、鳥居が動かない理由を考えればわかろう」

「止められたと」

「そうだ。水野越前守さまによってな」

「ご老中さまが」

聞いた朱鷺が目を見張った。

「水野さまは江川どのと親しい。松平伊勢守さま、川路聖謨さまも水野さまの庇護を受けている。今、この三人を捕まえるようなことになれば、水野さまにも傷がつく」

「…………」

「だが、これ以上の証拠が出てくれれば、いかに水野さまでもかばうことは難しくなる」

「おかしくはありませぬか。鳥居さまは水野さまの引きで目付になられたとうかがった覚えがございまする。自らの庇護者を陥れるなど、己の足を引っ張るだけでは」

　朱鷺がさらなる疑問を呈した。

「水野さまと鳥居の関係は、鳥居と吾のものと同じなのだ。ともに相手を道具と思い、使役するだけと考えている」

　じっと扇太郎は朱鷺の瞳を見た。

「では、鳥居さまも、旦那さま同様の……」

「ああ。いつでも水野さまを裏切る用意はしているだろうよ。水野さまのなされようとしていることは、幕府財政の再建。すなわち倹約だ。だが、倹約に反対の者も多い。とくに大御所家斉さまが、こころよく思われてはいない」

　二十人をこえる側室をもち、五十人以上の子供を作った家斉は、松平定信が正した幕府の財政をふたたび崩した。

　産まれた子供たちの半分は、成人することもなく死んだとはいえ、残った者の行く末をどうにかしなければならない。

　すでに幕府ができて二百三十年をこえる。将軍家の血筋をありがたがる大名も少なくなった。幕府以上に逼迫している大名たちにとって、それ相応な待遇をもって迎えねばならない将軍の子女など、ありがた迷惑でしかなかった。どこも嫌がって引き受けないとなれば、幕府が困った。いくら将軍の息子といえども、あまりに多すぎて分家させるだけの禄がないのだ。

そこで幕府は、持参金をつけて、大名たちに養子、あるいは嫁として迎えさせた。将軍の息子、娘にふさわしい持参金である。一人で何万両にもなる。

松平定信が、まさに爪に火をともすようにして貯めた金を、大御所家斉はあっさりと使い果たしていた。

これでは幕府が保たない。十二代将軍家慶は、かつての松平定信の代理として、水野忠邦は老中に引き立てられた。

しかし、金を遣うことになれた家斉、大奥、飾り物の将軍家慶、足を引っ張る同僚と、水野忠邦を取り囲むのは敵ばかりであった。

「でなければ、根本で意見の違う鳥居耀蔵などを、水野さまはお遣いにならぬ」

「同床異夢」

朱鷺が述べた。

「ならまだましだと思うぞ」

扇太郎は嘆息した。

三

翌朝、扇太郎は三度吉原へと向かった。

「色気のある話なら、足取りも早くなるんだろうが」

自嘲しながら、扇太郎は大門を過ぎた。

「主どのへお目にかかりたい。拙者、榊扇太郎と申す」

顔馴染みとなった西田屋と違い、三浦屋で扇太郎はほとんど知られていない。扇太郎は三浦屋の暖簾を潜ったところで、目についた忘八へ名乗った。

「榊さまでござんすか。ちいとお待ちを」

吉原のなかは無縁である。俗世でどれだけの身分であろうが、扱いは同じとなる。忘八の言葉遣いは、武家に対するものとしては礼に欠けていたが、吉原のしきたりであり、文句を付けるのは野暮であった。

「どうぞ、お通りなんして」

待つほどもなく忘八が声をかけた。

「ありがとうよ」

扇太郎は、腰から両刀をはずして忘八へ預けた。

「たしかにお預かりいたしやんした」

忘八が太刀を受け取った。

初期の吉原では、妓を巡っての争いが絶え間なく、何度も怪我人や死人が出た。困った吉原は、見世へ揚がる前、持っている刃物を預かるとの決まりを作っていた。

「こちらへ」

三浦屋四朗左衛門の居室は、二階への階段裏の奥にあった。

「これは、お珍しい」

出迎えた三浦屋四朗左衛門が、扇太郎に上座を勧めた。

「突然ですまぬな」

扇太郎は、頭を下げた。

「いえいえ」

愛想良く、三浦屋四朗左衛門が笑った。

かつて吉原看板とうたわれた名太夫高尾(たかお)を出したことでも有名な三浦屋は、名実ともに吉原一の遊女屋であった。

今や吉原全体でも少なくなった太夫を二人抱えていることもあり、大名、豪商、高禄の旗本など、名の知れた人物とも面識がある。吉原のなかでは、惣名主である西田屋甚右衛門におよばないが、江戸での影響力は、三浦屋四朗左衛門が上であった。

「ちとうかがいごとがあってな」

腰を下ろした扇太郎は話を始めた。

「近江屋の娘に話を聞きたいと」

「ああ」

「よろしゅうございましょう。おい、誰か、裏へいってね、薄雪(うすゆき)を連れてお出(い)で」

「へい」

三浦屋四朗左衛門の声に、外で待っていた忘八がうなずいた。

「裏とは」

扇太郎は問うた。

「ああ。まだ見世に出せない買いたての女を遊女に仕立てるためのところでございますよ。あと、しきたりを破った遊女に折檻(せっかん)するところでもありますが」

感情のこもっていない声で三浦屋四朗左衛門が答えた。

「廓言葉も覚えなければいけませんし、なにより、いきなり客を取れでは、女が対応できませぬ。そういうのをお好みになられるお客さまもおられまするが、吉原では御法度。吉原は、客と遊女を夫婦になぞらえまするゆえ、どの客に対しても、妻として応じられるようになりませぬと。他にも身体の手入れの仕方、閨での作法など、教えなければならぬことは山ほどございまする」

「なるほどな」

三浦屋四朗左衛門の説明に、扇太郎は納得した。

「薄雪さんをお連れしやした」

忘八が戻ってきた。

「…………」

無言で一人の妓が入ってきた。

「薄雪、こちらは闕所物奉行榊扇太郎さまだ」

「闕所物奉行……」

死んだように光のなかった薄雪の瞳へ憎悪の火が燃えた。

「おまえが、わたしを」

薄雪が扇太郎に跳びかかった。

「よせ」

あっさりと扇太郎は薄雪の手を押さえて、制圧した。吉原の遊女独特の胸下で緩く縛った帯が弛み、薄雪が、あられもない姿を見せた。

「おい」

三浦屋四朗左衛門の一声で、忘八が後ろから薄雪を抱えた。

「お客さまに対して、無礼なことをするとは」

「気にしてはいない」

扇太郎は手を振った。

「いえ。これは見世の決まり。薄雪、後で折檻を」

きびしく三浦屋四朗左衛門が告げた。女にとって見も知らぬ男に身体を任せるのは苦痛である。だが、それが遊女の仕事なのだ。万一、客につかみかかりなどされては、三浦屋の格に傷がつく。

扇太郎はそれ以上薄雪をかばわなかった。

「どうぞ、お奉行さま」

「少し聞きたいことがある」

「…………」

薄雪は顔を背けて、扇太郎と目を合わそうとしなかった。

「いいかげんにしろ」

忘八が薄雪の背中を押した。

「あんまり手荒なことはやめてくれ。見ていて気持ちのいいものではない」

扇太郎は止めた。

「近江屋が闕所になった理由は、贅沢をしたという倹約令違反だった。しかし、闕所してみると、現金の類いはほとんどなく、商品もあまりなかった。実際はどうだったのだ」

「贅沢などしていない」

嚙みつくように薄雪が言った。

「娘の嫁入りの記録を見たが、かなり豪奢だったぞ」

扇太郎は追及した。

「姉さまに肩身の狭い思いをさせたくないと、父は……」

薄雪が顔を伏せた。

もう自分には許されない晴れ舞台なのだ。薄雪の気持ちを扇太郎は悟り、小さくため息を吐いた。

「すまぬな。もう一つ、店に最近よく来ていて、いつも近江屋だけが相手をしていた客はいなかったか」

「なんでそんなことを」

薄雪が怪訝(けげん)な顔をした。

「近江屋の闕所が気になる。あまりにつごうがよすぎる」

扇太郎は話した。

「おまえがやったのではないのか、闕所を」

薄雪が詰め寄った。

「闕所物奉行は、罪が決まってからでないと動けぬ。闕所と決めたのは町奉行だ」

事実だけを扇太郎は述べた。生まれ育った家を奪われ、遊女に売られた娘にしてみれば、誰であっても役人は仇である。だからといって責任を押しつけられるのは嫌だった。

「……そういえば」

しばらく扇太郎の顔を見詰めていた薄雪が、口を開いた。

「いつも店が閉まってから、勝手口から訪れる客が一人」

「誰だかわかっているか」

「名前は知らない。でも、父が一度、品川の親方と言ったような」

「香具師か」

扇太郎は問うた。

「品川のといえば、狂い犬の一太郎」

三浦屋四朗左衛門が述べた。

「知っているのか」

「はい。江戸の親方衆のように、町を護るのを誇りとせず、食いものにしている奴で」

「みょうだな。そんなやつなら、薄雪を己のところで買いそうだが。品川には名の知れた遊郭が何軒もある」

品川は東海道最初の宿場町である。江戸の市中ではなく、町奉行所の権はおよばない。また、近年関東郡代の廃止に伴い代官預りとなったことも混乱に拍車をかけ、無頼の横行を許していた。

「狂い犬が糸を引いているならば、近江屋の娘など買えませぬよ。己からかかわりがあると白状しているようなもの。たしかに、廓へ売るより、品川の旅籠（はたご）で飯し盛り女として稼がしたほうが長い目で見れば儲かりましょうが」

「なるほどの」

「その狂い犬の一太郎が、父を」

「おいっ」

押さえていた忘八が慌てるほどの力で、薄雪が扇太郎に迫った。

「まだわからぬ。だが目処（めど）はついた。ありがとうよ」

扇太郎は薄雪へ頭を下げた。

「下がっていいよ」

「待って、話を……」

すがる薄雪を忘八が無理矢理引っ張っていった。

「悪かったな」

ようやく運命を受け入れかけた近江屋の娘に、世俗のことを思い出させてしまったことを、扇太郎は詫びた。

「これっきりに願いますよと言いたいところでございまするが、かえって助かりましてございまする。狂い犬の一太郎は、蛇のようにしつこいと聞きまする。このまま薄雪を見逃しそうにありませぬ。それこそ、薄雪の見世あけを買いに来かねません。そこでなにかあっては大事(おおごと)になりかねませぬ。あらかじめわかっておれば、拒むこともできまする」

ていねいに三浦屋四朗左衛門が礼を言った。

「見世が客を拒むか。さすがは、御免色里だな」

「それはご勘弁くださいませ」

三浦屋四朗左衛門が苦笑した。すでに吉原に家康の御免状はない。いわば看板倒れの状態であった。

「いろいろとかたじけない」

扇太郎は、深く謝して三浦屋を辞した。

「ここまで来て知らん顔もできぬな」

三浦屋と西田屋は、指呼の間であった。

「邪魔する。主どのはお手すきか」

「榊さま、どうぞ」

顔馴染みとなった忘八が、勝手にあがれと手で西田屋甚右衛門の居場所を教えた。

「太刀を」

「どうぞ、そのまま。お客でもない方の段平まで、お預かりするのは面倒で」

笑いながら忘八が手を振った。

「すまんな」

両刀を持ったまま、扇太郎は西田屋甚右衛門を訪れた。

「三浦屋さんへお見えだったそうで」

すでに西田屋甚右衛門は知っていた。

「ちと聞きたいことがあってな。しかし、よく知っていたな」

「客として揚がられたというなら、面目を潰されたことになりますから。大門を潜られたところから、お奉行さまの動向は……」

ほほえみながら西田屋甚右衛門が、告げた。

「勘弁してくれ」

扇太郎は手をあげた。

西田屋甚右衛門へ、扇太郎は三浦屋四朗左衛門との話を伝えた。

「榊さま」

聞き終わった西田屋甚右衛門が、手をついた。

「わたくしごときをそこまでご信用くださるとは」

包み隠さず語った扇太郎への礼であった。

「礼を言われることじゃない。逆に巻きこんで、吾の足りぬところを補ってもらっている。体(てい)よく利用しているだけだ」

「いえ。人として扱われぬ吉原の者へ、お武家さまがそこまでご信用くださる。おそれいりましてございまする」

扇太郎の言葉を西田屋甚右衛門が否定した。

「一つだけ、老婆心までに」

西田屋甚右衛門が、扇太郎を見た。

「狂い犬一太郎は、たしかに乱暴な者でございまするし、なかなかに悪知恵の働く男でもございますが……」

一拍、西田屋甚右衛門が間を空けた。

「が」

扇太郎は先を促した。

「諸家お出入りの近江屋を潰すほどの力も肚も持ってはおりますまい。近江屋の力は町奉行所を確実に抑えておりましたゆえ」

「そうか」

近江屋ほどの大店となれば、町奉行所の諸役人へ渡す付け届けの額もそこらの商人とは桁違いであった。少なくとも、倹約令で近江屋が目を付けられているといった辺りで、与力同心から、少しおとなしくしていてくれと忠告されて当然であった。

「あの重追放は、町奉行所の役人たちが手を打つこともできぬほど、不意に出た。となれば、町奉行を動かせるほどの者が、後ろで糸を引いていた」

「そう考えるのが妥当でございましょう」

「剣呑な」

扇太郎は嘆息した。

「そういうわけにも参りますまい。すでに榊さまは、狙われておられるではありませぬか」

「浅草で襲われたことか」

西田屋甚右衛門に言われて、扇太郎は思い出した。

「このまま退いても、相手は放っておいてはくれませせぬ」

「だろうなあ」

扇太郎も権を持つ者の執念深さはよく知っている。とくにつごうの悪いことを探られたならば、見逃すことはなかった。

「わかった。かたじけない」

礼を言って扇太郎は腰をあげた。

「ところで、榊さま。そろそろこの西田屋を馴染みとしていただけませせぬか」

西田屋甚右衛門が願った。

「悪いが、吉原に通うだけの金がない。それに女に困ってはいない」

「朱鷺さまでございますか」

「知っているのか」

扇太郎は驚いた。

「尾張屋から競売にかかった遊女を、わたくしも一人落札いたしておりまする。それに岡場所の闕所ともなれば、遊女がかかわってくることは自明の理。前もって尾張屋の妓どもに調べを入れておりました。有り様は、朱鷺さまに目を付けていたのでございまする。久し振りに西田屋へ太夫復活かと思ったのでございまするが……」

「悪いな。朱鷺は、もらった」

悔しそうな西田屋甚右衛門へ、扇太郎は告げた。

「わかっておりまするとも。今更どうこうと申すのではございませぬ。ただ、吉原へお見えになるならば、どこか馴染みという見世を作っておられたほうが、目立たずよろしいのではございませぬか。先ほども申しましたように、大門を潜られてからの榊さまには、目を付けさせていただいておりまするが。おい」

西田屋甚右衛門が、部屋の外へ声をかけた。

「へい。二人、地回りらしいのが」

控えていた忘八が答えた。

「紐か。気づかなかった」

扇太郎は恥じた。

「いや、なかなか人というのは意識しておりませぬと、後ろの気配に気づくものではございませぬ。古来どれだけの英傑が、閨で女に殺されたか。それだけでもわかりましょう」

諭すように西田屋甚右衛門が述べた。

「ちと譬えが違うような気もするが。あまり短い滞在で帰るなということだな」

「はい。吉原と榊さまのかかわりを秘しておくには、遊びに来られている風を装われるのが肝腎かと。少なくとも一刻（約二時間）は見世でときを潰してくださらなければ、怪訝にとられまする。あと、吉原のしきたりに反するようなまねは、おつつしみくださいませ」

西田屋甚右衛門の言いぶんは正当であった。

「わかった。三浦屋と西田屋を行き来するようなまねはもうせぬ」

立ちあがった扇太郎は、もう一度座りなおした。

「悪いが、もう少しいさせてもらうぞ」

「わたくしの顔を見ているより、妓の肌を撫でられるほうがよほどよろしいでしょうに」

「昨日も抱いたところなのでな」

「それはそれは、仲睦まじいことで」

西田屋甚右衛門が笑った。

四

一刻を過ごした扇太郎は、西田屋甚右衛門を出たところで、気配を感じた。

「あいつらか」

扇太郎は、さりげなく目をそらしながら、仲之町通りで手持ち無沙汰にしている二人を確認した。

「気づかぬとは情けないな。師に知られれば、きついお叱りを受ける」

境遇に拗ねて数年、剣術から離れていたことを扇太郎はあらためて後悔した。

「鍛えなおさねばならぬな」

大番組士を何代かにわたって勤めた武方の家に生まれた扇太郎は、小人目付という端役へつかされたことから、一気に剣術への熱を失い、修行をやめてしまっていた。

「狂い犬の一太郎が手か」

大門を出て歩きながら、扇太郎は周囲に気を配っていた。

「浅草で襲ってきた武士たちが、出てこないのも不思議よな」

扇太郎は思案した。

「吾が腕に恐れをなしたと、思えるほどうぬぼれてはおらぬ。出てこぬにはそれだけの理由(わけ)があるはず」

浅草で襲われたとき、扇太郎は敵の一人を一刀で葬っていた。

「鳥居のことも放置できぬしな」

二方面へ気を遣わねばならなくなった扇太郎は、疲れを感じていた。

「生き残るためには、しかたない」

扇太郎は、明日からの動きを思案した。

戻ってきた配下から扇太郎の様子を聞いた狂い犬の一太郎は、首をかしげた。

「林さまから命じられて見張らせているが、足繁く吉原へ通っているだけじゃねえか。たかが八十俵じゃ金が続くまい」

一太郎の本拠は品川である。品川は江戸ではなく、かつては関東郡代の支配下にあった。今は代官預りだが、当然、江戸市中でおこなわれる闕所に加わることもなく、闕所物奉行の利にも疎かった。

「うかがうか」

一太郎が呟いた。

翌日、狂い犬の一太郎は浜町蠣殻町にある貝淵藩林家の上屋敷の潜り門を叩いた。

「入れ」

覗き窓から一太郎を確認した藩士が、許可した。

林藩はまだ成立したばかりであった。藩主林肥後守忠英はもと三千石の旗本であった。出は、徳川譜代のなかでも古い家柄であったが、戦国のころ当主が相次いで若死にしたため、満足な手柄も立てられず、禄も少ないままであった。それが大名にまで成りあがれたのは、忠英が十一代将軍家斉のお気に入りになったからであった。家斉の身の回りを世話する小納戸となった忠英は、その気働きからたちまち寵愛を受け、御側御用取次に転じ、文政八年(一八二五)、若年寄となって加増を受け、一万石の大名となっていた。

水野忠篤、美濃部茂育と並んで、家斉三人衆と称され、老中以上の権力を振るっていた。

「ここで待て」

「ごめんくださいませ」

藩士に言われて大人しく一太郎は、門脇の供待ちに入った。

「一太郎か。どうした」

少しして初老の藩士が供待ちまで来た。

「ご用人さま、お忙しいところを申しわけございませぬ」

一太郎はていねいに頭を下げた。

「闕所物奉行のことでございまする」

「なにかあったか」

用人が訊いた。

「足繁く吉原へ参っておりまする。それだけの金をどこから用立てておるのか、ちと疑念が湧きまして」

「きさまは知らぬか。闕所物奉行は、闕所競売の金、その五分を懐へ入れておるのだ」

「ならば、そこをつつけば、横領となり、榊を闕所物奉行から追放できましょう」

一太郎が勢いこんだ。

「無駄だ。これは代々の慣例だ。暴きたてると、いろいろなところに波がおよぶ。余計な混乱は、越前守の気を引く」

はっきりと用人が首を振った。

「さようでございまするか。ではやはり……」

「利用したうえで殺すしかなかろう。鳥居の手足をもぐことは、越前守の勢力を削ぐことにもつながる。なにより、鳥居と越前守の間に齟齬が生まれれば、こちらにつごうがよい。鳥居を取りこめれば、越前守の弱みを手にすることができる」

用人が告げた。

「お任せくださいませ」

一太郎が請け負った。

「気をつけよ。一度吾が藩の遣い手を当ててみたが、一刀でやられたわ」

「ご案じくださいますな。剣術遣いの試合とは違いまする。わたくしどもには、わたくしどものやり方がございまする」

「頼んだ。闕所物奉行を排したならば、そなたの望み、殿へお伝え申すぞ」

「よろしくお願いいたしまする」

用人の言葉に一太郎が平伏した。

「そうか」

任を終えて屋敷へ戻ってきた林忠英は、用人の報告を受けた。

「闕所物奉行を除くのはよいが、目付が動き出すようなことにならぬようにいたせ」

林忠英が命じた。

「はっ」

用人が受けた。

「鳥居を取りこむ用意もな。あまり余裕はないぞ。大御所さまのご体調が芳しくない。このままでは、大御所さま亡き後、余はまちがいなく引きずりおろされる。水野越前守にしてみれば、余はなによりの悪人。そう、松平定信における田沼主殿頭意次のような」

先代の寵臣は、なにがなくとも代替わりではずされる。それ以上に家斉の権威を笠に好き放題してきた林忠英、水野忠篤、美濃部茂育の三人への風当たりは強かった。

「……………」

「水野越前守を抑えなければならぬ。そのために江川太郎左衛門へまず家斉さまのお許しと称して野礼幾的爾(えれきてる)の再現を許し、要りような道具は近江屋に命じよと告げた。ころあいを見て近江屋を潰し、江川太郎左衛門が近江屋を隠れ蓑(みの)にしてご禁制の野礼幾的爾を作っていると鳥居に報せる。鳥居は江川を告発するはず。江川とのかかわりで窮地に陥った水野越前守と交渉する。実高二十万石の唐津を捨ててまで政(まつりごと)に加わりたがった越前守だ。職を追われるより我らの案を受け入れるはずじゃ」

「はい」

「水野美濃守どのによれば、先日水野越前守を訪れた鳥居が、きびしく叱られたそうだ」

小さく林忠英が笑った。

「鳥居耀蔵は、測量で負けたことで江川を憎んでいる」

「殿が大御所さまを動かされた結果でございまする」

林忠英は、そこまで読んで江戸湾海防測量を蘭学の勝ちにしていた。

「うむ。いかに怜悧でも頭に血がのぼれば、罠にはまってくれよう。そのための布石は打ってきた。それをたかが八十俵の御家人ごときに邪魔されるなどあってはならぬ」

「はっ」

「闕所物奉行の後始末だが」

すでに扇太郎は死んだものとして林忠英が話した。

「江川太郎左衛門の手によるものと見せかけよ」

「お任せくださいませ」

用人が平伏した。


一太郎は、配下の無頼を自ら五名連れて、扇太郎の屋敷を目指していた。

「闕所物奉行を殺す得物は、これを使え」

懐から一太郎が小さな刃物を出した。

「これは……やけに小さいでやすね」

受け取った配下が、眺めた。

「蘭方医の使うものだそうだ。小さいが切れは、そのへんの匕首よりはるかにいい。着物の上からでもばっさりいけるそうだ」

　一太郎が説明した。

「そりゃあ、便利だ」

　配下が感嘆した。

「匕首などの刃物は鋭いが、衣服の一枚でもかなり切れ味は落ちた。

「言っておくが、それを持ち帰るなよ。残せ」

「なんででやすか。これがあれば、なにかと……」

　抗弁する配下に、一太郎が首を振った。

「そういう条件なのだ。違(たが)えるな」

　きびしく一太郎が念を押した。

　扇太郎の屋敷がある深川安宅町は、富岡八幡宮にほど近く、人の通りも多い。

「ここか」

　一太郎たちが、着いたのはまもなく日が落ちようという夕暮れであった。

「寝こむまで待つ」

　富岡八幡宮の門前には、食べものをあつかう店、岡場所などもあり、夜が更けてもなかなかに賑やかであった。

「そろそろいいか。おい、為吉(ためきち)」

「…………」

無言で首肯して為吉が、屋敷の塀をこえた。

すぐに潜り門の閂がはずされ、戸が開かれた。

「さすがは、盗人くずれだな」

一太郎が感心した。

「盗人以下なんでやすか、あっしらは」

別の配下がくずれと言われたことに文句を垂れた。

「夜中に他人の屋敷に忍びこんで、殺そうというんだ。最低だろう」

笑いながら一太郎が言った。

「それもそうだ」

配下が納得した。

「いいか、殺すのは奉行だけでいい。他の者はほっておけ。邪魔するならば、遠慮しなくていい。あと、女には手を出すな、金にもだ。今日の仕事は、後が肝腎なんだからな。言うとおりにしなかった奴は、ただじゃすまさねえぞ」

一太郎が凄んだ。

「承知で」

五人の配下が首肯した。

「ここで待ってる。行け」

門のところで一太郎が足を止めた。

その夜も扇太郎は朱鷺を抱いた。月の障りがないかぎり、ほぼ毎晩朱鷺は扇太郎の夜具で朝を迎えていた。

房事の後の快い疲れに身を任せて、眠っていた扇太郎は、雨戸がきしむ音で目覚めた。

「ぼろ屋が、こういうときに役立つとはな」

目覚めた扇太郎は起きあがった。

「なにか」

朱鷺も目を開いた。

素裸のままで扇太郎は、枕元に置いていた太刀を手にした。

「客のようだ」

「押し入れのなかへ入っていろ……だめか。野礼幾的爾(えれきてる)で塞(ふさ)がっている」

扇太郎は唇を噛んだ。

ついに雨戸がはずされた。

「なにやつ」

機先を制するつもりで、扇太郎は怒鳴りつけた。

「気づいてやがる。一気に行くぞ」

襖を蹴破って五人が躍りこんだ。

「こいつら、祭ってやがった」

一人が扇太郎と夜具にくるまったままの朱鷺を見て笑った。

「みっともねえものをぶらさげてやがる」

別の一人も嘲笑した。

「みょうな武具……」

嘲り(あざけ)を気にすることなく、扇太郎は無頼たちが握っている刃物へ目をやった。

「惜しいな。そこらじゃお目にかからねえ、美形だぜ」

「親方の言いつけがなきゃ、逃すことはねえが」

配下たちが朱鷺に好色な目つきを向けた。

「狂い犬の手下だな」

扇太郎は太刀を抜いた。

「さあてね」

口の端をゆがめながら、配下の一人が一歩前に出た。

「おうりゃあ」

手に持った刃物をまっすぐに扇太郎へと突き出した。

「……ふん」

一刀で扇太郎は配下の腕を斬りとばした。

「ぎゃっ」

腕を失った配下が、悲鳴をあげた。

「ほう」

握ったままの腕を付けたまま、刃物が畳に刺さっていた。

「鋭いな」

扇太郎は警戒を強めた。

「野郎」

右手にいた配下が、刃物を投げつけた。

「ふっ」

足送りで避けた扇太郎へ、左手の配下が斬りつけてきた。

「甘いわ」

踏みだした右足を軸に、身体を回転させて、扇太郎は太刀を薙いだ。

「ぐえええ」

胸を真一文字に裂かれて、左手の配下が死んだ。

「こいつ強いぞ」

残った三人の顔つきが変わった。

「同時に行くぞ」

「おう」

「今だ」

三人が合図とともに跳びかかった。

「くっ」

三つの遅速を計った扇太郎は、左からの一撃が早いと読んだ。

「おうりゃああ」

流れていた太刀を跳ねあげるようにして撃った。

「がふっ」

肩を割られて、一人沈んだ。

「せいい」

続いて右へと扇太郎は太刀を運んだ。

「わああ」

腹を斬られて四人目が落ちた。

「この」

正面から最後の一人が迫った。

「なんの」

ぎりぎりだと焦った扇太郎は太刀を振りあげた。

「なにっ」

手に衝撃が来て、太刀の動きが遅くなった。太刀の切っ先が天井板へ喰いこんでいた。

「しまった」

「もらったあ」

最後の無頼が、まっすぐに突いてきた。

「えい、やあ」

甲高(かん)い声がして、無頼の動きが止まった。

「えっ」

背中を割られた無頼が、なにがあったかわからないといった表情をしながら崩れた。

倒れた無頼の後ろに、扇太郎の脇差（わきざし）を握った朱鷺が立っていた。

「朱鷺」

「大丈夫……」

震えながら朱鷺が、問うた。

「助かった」

扇太郎は天井に刺さった太刀を抜き、下に置くと、顔をゆがめている朱鷺から脇差を取りあげた。

「ひ、人を斬った……」

立っていられないと膝から崩れそうになった朱鷺を扇太郎は抱きしめた。

「違う。朱鷺は、吾を救ったのだ」

耳元ではっきりと扇太郎は告げた。

五

「しくじったか。まあいい。次善の手だが、あいつらの持っていた刃物は、蘭方医の使うものだとすぐに知れよう。命を狙われた闕所物奉行は目付を頼る。そこから江川を想像するのは簡単だ。さすがはご用人さま」

門から出ながら一太郎が呟いた。

「もっとも手下を殺られた恨みは、いずれ晴らさせてもらうがな」

一太郎が小さく笑った。

「このままにもしておけぬな」

小半刻（約三十分）ほどしてようやく落ちついた朱鷺から手を離して、扇太郎は部屋を見まわした。

「お目付さまへ」

朱鷺が言った。

「いや……」

扇太郎は首を振った。

「この状況を、鳥居に報せるのはまずい。目付の権は強大すぎる。それこそ水野越前守さまを無視してでも動きかねぬ。それでは、今までの策が無になる」

偽の密書まで作って、鳥居耀蔵を牽制したのが、無駄になりかねなかった。

「しかし、死体を放置というわけにもいかぬな。本来ならば天満屋を呼ぶべきだが、深更近い。かといって朝まで待ったのでは、手代たちが来てしまう」

太刀に拭いを掛けながら扇太郎は考えた。

「水屋を頼るか」

扇太郎は決めた。

水屋とは天満屋孝吉と同じく地回りの親方である。扇太郎の屋敷がある深川一帯を縄張りにしていた。天満屋孝吉が深川で襲われたとき、その後始末に出張り、扇太郎とも面識ができていた。

「行ってくる」

「いや、吾が行く。しっかりと戸締まりをして、部屋で待っていろ」

立ちあがった朱鷺を扇太郎は押さえた。

「…………」

すがるようなまなざしを朱鷺が見せた。

「安心しろ。朱鷺の覚悟は見せてもらった。あとは、こちらが肚をくる番だ」

扇太郎は身支度を調えると、屋敷を出た。

水屋藤兵衛は、扇太郎の屋敷からさほど離れていないところで、船宿をやっていた。

「夜分にすまぬ」

「血が臭いやすね」

水屋藤兵衛が気づいた。

「襲われた。一応倒したが……」

「承知いたしました。おい、粗筵を用意しろ。嘉介。三人ほど連れてついてこい」

事情を訊かずに水屋藤兵衛は指示を出した。

「左吉、天満屋の親方へ報せな」

「助かる」

水屋藤兵衛の手配に、扇太郎は頭を下げた。

扇太郎とともに屋敷へ来た水屋藤兵衛は、惨状にも表情を変えることはなかった。

「相変わらず、すさまじい腕前でござんすな」

死体をあらためた水屋藤兵衛が感心した。

「親方、こいつらみょうなものを手にしてやすぜ」

正体を探るため死体を調べていた嘉介が、無頼の手から刃物を取りあげていた。

「なんだこれは。初めて見るぞ。柄まで金か」

水屋藤兵衛も首をかしげた。

「拙者も見たことがない」

扇太郎も首を振った。

「まあ、これは取っておきやしょう。死体をまず片づけやしょう」

「頼む」

「粗筵で包んで、そう。石を抱かせてね、海へ沈めてしまいなさい」

「へい」

手際よく嘉介たちが、死体をくるんでいく。あっというまに五つの死体がまとめられた。

「捨ててきやす」

嘉介たちが死体を担いで、屋敷を出ていった。

「これを。穢(けが)れ落としに使ってくれ」

扇太郎は、懐に残していた上納金の残りすべてを水屋藤兵衛へ差し出した。

「遠慮なくちょうだいしやす」

水屋藤兵衛が両手で受けた。

「畳と襖は総取っ替えでござんすねえ」

血の噴き飛んだ居室を、水屋藤兵衛が見まわした。

「天井は洗うだけで何とかなりやしょうが」

「そうか。親方に手配を願えるか」

苦い顔で扇太郎は言った。

「よろしゅうございます。わたくしの息がかかった者にさせましょう」

「すまぬな」

扇太郎は礼を述べた。

「お気になさらず。あいつらは、どう見ても盗人の類いじゃございますまい。どこぞの親方から盃を受けている連中でござんしょう。縄張り内で好き勝手されたとなれば、わたくしの顔に傷がつきまする」

水屋藤兵衛が静かに怒っていた。

「かならず落とし前はつけさせますので。ご勘弁を」

「いや、こちらにかかわることだ」

あわてて扇太郎は手を振った。

「そちらはそちらで。こちらはこちらで。顔を潰されて黙っていては、縄張りを維持していくことなどできやせん」

はっきりと水屋藤兵衛が宣した。

そこへ天満屋孝吉が駆けつけてきた。

「お奉行さま」

すでに死体はなかったが、部屋に飛び散っている血から天満屋孝吉は事情を悟った。

「水屋の。どこの野郎だ」

普段と違った凄みのある声で、天満屋孝吉が問うた。

「わからねえ。ただ、こんなものを持っていた」

水屋藤兵衛が、刃物を見せた。

「こいつは……」

「知っているのか」

扇太郎は身を乗りだした。

「高野長英の闕所で見たものとよく似ておりまする。結構な値で売れましたが」

「蘭方医が使うものか」

「あいつらは、その高野長英とかいう奴の手下で」

「違うだろう。どう見てもあいつらが蘭方医とかかわりがあるようには見えねえ」

首を振って天満屋孝吉が水屋藤兵衛の問いを否定した。

「お奉行さま、お心当たりはございませんか」

天満屋孝吉が問うた。

「狂い犬の一太郎というのが、近江屋の闕所にかかわっているらしい」

ここまで手伝わしておいて隠すのは信義にもとると扇太郎は思いあたる名前をあげた。

「あいつか」

すっと水屋藤兵衛が顔色を変えた。

「ここ最近おとなしいと思っていたら、こんなところへ」

眉をひそめて天満屋孝吉が嘆息した。

「どのような奴なのだ。名前からして、ろくでもないとはわかるが」

「名前とはちいと違う野郎で。狂い犬って二つ名から、誰にでもかかってくる後先考えない馬鹿に思われがちでやすが……」

「違うのか」

話しだした天満屋孝吉へ、扇太郎は問うた。

「ええ。まずてめえの手を汚すことはいたしやせん。荒事は金で雇った連中か、配下を使ってこなし、動揺した連中を脅しと金で取りこんでいくという。なので、決して罪に問われないんで」

「狂い犬とは思えぬが」

扇太郎は疑問を呈した。

「それは、一太郎の性根から来てやすんで。相手が利用できる間は、犬のように忠実でありながら、一旦、手切れをしたり、力が衰えたら、手のひらを返して敵にまわる。どころか、骨まで食い尽くす。飼い犬に手を嚙まれるってところから来た通り名で」

水屋藤兵衛が語った。

「本拠が品川というのが悪うございまする。町奉行所では手出しができやせん。代官所の手代なんぞ、町同心の旦那方のように、肚が据わってない。狂い犬に金と女で飼われて、まるで手下のようだと言いやす」

天満屋孝吉も苦虫を嚙み潰したような顔をした。

「そんな奴が、ご府内へ手出しをしてくるとは」

ご府内とは幕府が決めた江戸城下のことだ。扇太郎は首をかしげた。

「品川は、東海道一の宿場。遊郭も多数ある。高輪あたりの大名下屋敷、寺院じゃ、賭場が毎晩開かれているじゃねえか。そのあがりだけでも、十二分だろうに。わざわざ品川から、町奉行所の手が入る城下へ来る意味はあるまい」

「……………」

無言で天満屋孝吉と水屋藤兵衛が顔を見合わせた。

「訊いてはいけなかったか」

扇太郎は怪訝な顔をした。

「そういうわけではございませんが……」

一度は口ごもった天満屋孝吉が、続けた。

「あまりに荒唐無稽な話なので」

天満屋孝吉が前置きをした。

「狂い犬の一太郎は、八代将軍吉宗(よしむね)さまの玄孫(やしゃご)だと申しておるのでございますよ。聞かれたことはございませんか、天一坊(てんいちぼう)を」

「知っているとも」

扇太郎はうなずいた。幕臣で天一坊の名前を知らないものはいなかった。

天一坊は、八代将軍となった吉宗が、まだ御三家紀州徳川の部屋住みだったころ侍女に手を付けて産ませた子供との触れこみで、品川へ現れた。山内伊賀介という家臣を引き連れ、吉宗の長男として御三家に類する石高を近々賜ると言い、あちこちから金を集めた。しかし、関東郡代伊奈(いな)半兵衛によって、偽者と断じられ、死罪となった。

「一太郎は、天一坊が品川で手を付けた女の子供の孫、吉宗さまの血筋と称しておりまして。表の子孫が江戸城の主ならば、己は江戸の闇を手にして当然と豪語しておりまする」

「江戸の闇を……顔役のとりまとめか」

「というより、江戸のすべてを支配するたった一人の顔役でございましょうな」

あきれたように水屋藤兵衛が述べた。

天満屋孝吉と知り合ったことで、顔役の持つ力と利権を間近で見た扇太郎は、驚いた。

「狂い犬は御上のお偉い方と手を組んでいるとの噂がございまする」

真顔で天満屋孝吉が言った。

「近江屋の一件は、そのお偉いお方の命。なるほど、そうなれば辻褄が合う」

扇太郎は納得した。

「この蘭方医が使う刃物……これは、鳥居への誘い水だ」

置かれていた刃物を扇太郎は手に取った。


扇太郎は刃物を懐に、江戸城へ鳥居耀蔵を訪ねた。

「何用じゃ」

目付として城中にいる鳥居耀蔵は、屋敷以上に機嫌が悪かった。

「人目のつかぬところでお話を」

「つまらぬことであったならば、許さぬぞ」

怒りながらも、鳥居耀蔵は目付部屋に近い間へ、扇太郎を案内した。

「申せ。忙しいのだ」

鳥居耀蔵が急かした。

「…………」

無言で扇太郎は、刃物を床へ置いた。

「なんだこれは」

「蘭方医の使う道具だそうでございまする」

扇太郎は答えた。

「それがどうしたのだ」

重ねて鳥居耀蔵が訊いた。

「昨夜、これを持った輩に襲われましてございまする」

囁（ささや）くように扇太郎は告げた。

「なんだと」

鳥居耀蔵が驚愕した。

「そやつらはどうした」

「逃がしましてございまする」

扇太郎は嘘をついた。

「なんという失態ぞ」

「じつは……」

怒る鳥居耀蔵をいなして、扇太郎は続けた。近江屋闕所の一件から、野礼幾的爾にいたるまでを語った。

「ご禁制の野礼幾的爾を江川太郎左衛門が作ろうとしているだと。なるほど、この刃物を持った者は、それを知ったそなたへの刺客か。よくやったぞ、榊。これで江川を捕まえることができる」

鳥居耀蔵が手を打った。

「……鳥居さま」

喜ぶ鳥居耀蔵へ、扇太郎は声をかけた。

「なんだ。用はすんだのであろう。下がれ」

傲慢に鳥居耀蔵が言った。

「近江屋闕所の裏に、一人の無頼が確認されておりまする」

「…………」

話しかけた扇太郎を、鳥居耀蔵は無言で見た。

「少し調べたところ、その無頼の裏には幕府のお役人の姿が見え隠れしておりました」

「誰だ」

「まだ、そこまでいたっておりませんが、わたくしは、そのお方の配下と思しい藩士に一度襲われておりまする」

「……で」

鳥居耀蔵は短く先を命じた。

「そもそも近江屋ほどの豪商を闕所にする。そう簡単なことではございますまい。お目付さまが言われたとして、町奉行は動きましょうか」

扇太郎は問いかけた。

「無理であろうな」

「この刃物も、その一太郎の手下らしい者が持っておりました」

「ふむ」

目を閉じて鳥居耀蔵が沈思した。

「裏にいる者が誰かを探りだせ」

「無茶を仰せられるな。闕所物奉行の力では無理でござる」

鳥居耀蔵の命を、扇太郎は拒絶した。

「お目付さまならば、探ることも、見つけだして罰を与えることもできましょう。相手が一人ならば、お目付さまの勝利で話は終わりまするぞ」

扇太郎は煽った。

「一人ならばか……。わかった。下がっていい」

少し考えて鳥居耀蔵は、扇太郎へ手を振った。

江戸城を出た扇太郎は、大きく嘆息した。

「御上役人の誰かが、今回の一件を企んだと知れば、あとは優秀なお目付さまだ。利と損を誤ることはあるまい。まちがったところで、知ったことじゃないが、こちらは悪くともお役御免ですむ」

扇太郎は、帰途についた。

残された鳥居耀蔵は、一人で考えていた。

「一連の動きが、江川太郎左衛門をはめるためだったとしたら……たかが、伊豆韮山代官一人にしては、大きすぎる。水野さまか」

殿中で江川太郎左衛門と水野忠邦のかかわりを知らない者はいなかった。水野を罷免できなくとも、かなりの痛手を与えることになるのは確実であった。

「榊に絡んできたのは、余へこのことを知らせるため。余が江川に憎しみを抱いていることもまた衆知。憎しみに目がくらんだ余ならば、江川を目付の権限で告発することをためらわないと読んだか。たしかに目付の動きは老中でも掣肘できぬ。なるほど。あのとき水野忠篤どのが声をかけてきたのは、越前守さまと余が仲違いすることになっても、大丈夫、与する相手は他にもあるぞとの誘いか」

読みきった鳥居耀蔵が独りごちた。

「甘く見られたものだ」

ゆっくりと鳥居耀蔵が立ちあがった。

「越前守さまと敵対するより、追い落としを狙う者がおると伝えて、恩を売るほうが賢明だな。水野忠篤どのの権は、家斉さまのもとで無限に近いが、大御所さまに十年先はない」

冷たい目で鳥居耀蔵が言いきった。

「余の目指すは五十年先の幕府なり。江川ごときは些細」

鳥居耀蔵は、御用部屋へと足を進めた。

「榊め。余を踊らせたつもりか。そのうち思い知らせてやらねばなるまい。今はまだ使えるゆえ、見逃してくれるが」

冷たい瞳で鳥居耀蔵が口にした。

天保十年十二月十八日、蛮社の獄の判決が下った。

田原藩家老渡辺崋山は幕政批判を記した『慎機論』が問題とされ、国元で蟄居、一度逃亡した高野長英は永牢と、尚歯会の重鎮二人には重い罪が科せられた。そのほか、本岐道平、大塚同庵、山口屋金次郎が百日の押込、順宣ら僧侶二人は無人島渡航計画の罪には問われなかったが、その費用の集め方に問題在りとして押込となった。

結局のところ、闕所の対象となったのは高野長英だけであり、江川太郎左衛門は訴追さえされることはなかった。

〈第三巻『赤猫始末』に続く〉

解説

母袋幸代

ああ面白かった。早く次が読みたい。

上田作品を読み終えた時、いつも思う。思わず声に出していて、自分で驚いたこともある。

なぜ、上田時代小説はかくも面白いのか。今回、解説などという大役を仰せつかり、よくよく考えてみた。

さて、この「闕所物奉行（けっしょものぶぎょう）裏帳合」シリーズ。

まず闕所物奉行という仕事があることすら、あまり知られてはいないだろう。奉行は奉行でも、町奉行のように同心や手下を多く抱えるでもなく、そう広くもない自宅を役所としている。サラリーは低いが、闕所となった物品の売り上げの上納金という役得があるなど、興味深い。

そして、近年珍しく非常に男臭い小説である。

全編を通し女性のキャラクターが極端に少ない。扇太郎（せんたろう）の家に連れられてきた朱鷺（とき）だけといっていい。後はといえば、岡場所や吉原の女達。しかも、親の借金の形に、商品のように売り買いされた娘達だ。

現在の感覚からいくと、驚くべき設定である。だが、当時の江戸に暮らす人々の人口比が、圧倒的に女が少なかったこと。そのための必要悪として色里の存在が、リアルに描かれている。

キャラクター達も実に個性的だ。

現在でいうところの出世頭の部長クラス鳥居耀蔵。儒学で名をはせた林家の秀才。幕府を支えるべく目付からさらなる出世をもくろみ、扇太郎を酷使する。

幕府を愛すること並ならぬ忠勤ぶりだが、儒学という物差しでしか物事をはかれない、自分に厳しく人になお厳しい、厄介な上司。

そのまた上役、役員クラスの老中水野越前守との関係も怪しく、扇太郎は今後も振り回されそうだ。

そして、扇太郎の相棒とも言うべき天満屋孝吉。古着屋としての表の顔と浅草の顔役という裏の顔で、扇太郎の手助けをする。恩義があるでもなく扇太郎にほれ込んでいるわけでもない。利を得るために、金と女で操っているというスタンスだ。

総名主である西田屋甚右衛門を始め「吉原」の人間達は、扇太郎に協力的だ。朱鷺をめぐって死闘を演じたにもかかわらず、扇太郎の強さと人となりを知るや協力関係となった。身内のような親しみさえ感じられる。

扇太郎も、廓内の雰囲気にすぐに馴染み、権力をふりかざさず、金や女を要求することはしなかった。逆に亡八らの働きに対し、ねぎらいの意味で、些少ではあるが金を渡す。人あしらいのよさで、関係を保っていく。

敵の中では、今回の事件の裏に見え隠れしている男。品川の顔役、狂い犬の一太郎の登場も気になる所。天一坊の子というニクい設定で、江戸のすべてを支配する顔役を狙う。今後も暗躍しそうだ。

このシリーズの人間関係に感情は稀薄だ。人情や愛情、忠義などのウエットな絡みはない。どこまでが味方で、いつ寝返るのか、互いを利用し合い、腹の探り合いをする、そこが、このシリーズの醍醐味でもある。

上田時代小説のそれぞれのシリーズの中でキーとなるのが「吉原」だ。

吉原は、いわゆる色里であり、江戸を舞台とする時代小説によく登場する。

だが、上田時代小説の「吉原」は特別な場所だ。かなり薄まってはいるが、戦国や、それより古い中世の匂いを残す街。

中世史の学問用語でアジールという言葉がある。「聖域」「避難所」「無縁所」と訳される。「権力の及ばない地域」である。

鎌倉室町、そして戦国時代、難民や、主から逃げた奴婢(ぬひ)や罪人などが駆け込める公共の場所や寺が存在した。そこに逃げ込めば追手から逃れることができるかわりに、俗世との縁も切れてしまう。もちろん家族も、それまで持っていた財産も地位も失うが、中での自由が保証される。

織田信長(おだのぶなが)、豊臣秀吉(とよとみひでよし)、徳川家康(とくがわいえやす)により統一政権ができたことで、そういった権力不可侵の場所は減っていった。

「吉原」は将軍家のお膝元である江戸に残った、幕府の権力の及ばない場所、まさに聖域なのである。

人殺しや盗みなどの凶状持ちが逃げ込み、人別をなくし、浮き世との縁を切り、廓の中でのみ生きているのが亡八。「吉原」でしか生きられぬがゆえに、死兵となって戦う。町奉行所や大名にも屈しない。

「廓内でのこと廓内で」

廓の中で何が起ころうと、幕府権力の介入はない。代わりに少なくはない額の運上金が支払われている。

政治的にも守られていて、幕府公認の色里、初代将軍・家康のお墨付きがあるのだ。シリーズ第一巻『御免状始末』では、そのお墨付きである、御免状をめぐって事件がくりひろげられ、その縁で扇太郎は、「きみがてて」ともつながりができた。

「きみがてて」なんとも中世を感じさせる呼び名である。「君が父」と書く。君とは古く路地の娼家に客を取る辻君や立ち君といわれた女達。「きみがてて」とは「吉原」にいる女達を統べる吉原総名主のことだ。

「吉原」は、女達が色を売る場所ではあるが、商売品であるがゆえに、大事にされている。遊女と客を仮の夫婦に見立て、「初回」「裏」「馴染み」と三度の逢瀬を重ねなければ床入りできない。また一度愛娼をきめた客の浮気は赦されない。一方で、客が気に入らなければ、遊女の方から振ることもできる。

「織江緋之介見参」シリーズがまさに「吉原」を舞台にした話であるが、他のシリーズでもキーポイントとなっている。

主人公の扇太郎、実は「無縁」である。

両親はすでに無く、嫁に行った姉が年に一度帰ってくる程度。仕事が終わると部下達は帰ってしまう。住み込みの家人もいなかった。

自分を引き上げてくれた上司に尽くしているわけでもなく、ましてや顔を見たこともない将軍や幕府に命を賭して仕えてもいない。世のためにと戦っているわけでもなかった。あれば良いに越した事はないが、女や金、物に執着してもおらず、無役には落ちたくないものの、出世を望んでもいない。「無欲」といっていい。

扇太郎は「吉原」に入らなかった亡八なのではないか（ただし本当の亡八は、廓の女に手を出すことは出来ない）。

自宅が襲撃に遭っているが、誰の助けも借りず撃退し、近所の顔役に始末を頼むことで、公にはしていない。まさに「廓内の事は廓内で」ということになろう。

「吉原」に逃げ込んだわけではないので、自らの意思で護るべきものを作った。

それが朱鷺である。

旗本の家に生まれながら、借金の形に岡場所に売られ、その店が闕所になり、天満屋から扇太郎に賄賂（わいろ）として贈られた。

紅一点の彼女でさえ、言葉が少なく、滅多に感情を表さない（某大ヒットアニメの、青い髪赤い目の少女のしゃべり方を思い出してしまう）。

彼女ははたして扇太郎をどう思っていたのだろう。

岡場所の闕所のおり、最後まで抵抗した男衆の人質となり、あわやという所を扇太郎に救われた。その時、心理学で言う所の「吊り橋効果」によって恋愛感情が生まれたのか。言葉には出さないものの、段々としぐさに現れてきている。

扇太郎は、賄賂として贈られた朱鷺を自由にしたが、朱鷺は自らの意思で扇太郎のもとに残った。とは言え当初二人はよそよそしかった。三つの通過儀礼を経る事で、二人の関係は始まったといえる。

出会った時、男衆に盾にされ匕首（あいくち）をつきつけられていた朱鷺を助けるため、扇太郎は初めて人を斬った。「吉原」であれば、これが初回であり、「顔見せ」。

天満屋に連れられ扇太郎の身の回りの世話をするようになった朱鷺を亡八が襲う。それを救うべく太刀（たち）をふるった扇太郎は、初めて人を殺（あや）めた。これが「裏を返す」。

決意を固めた扇太郎が敵地、「吉原」に単身乗り込む。西田屋甚右衛門と決死の交渉を行い戻って、初めて二人は結ばれた。「真」である。

朱鷺は「吉原」に入らなかった太夫。扇太郎にとって、恋人でも妻でもない、いわば愛娼。幕末の志士達を陰に日向（ひなた）に支えた女達を思わせる。現に、扇太郎の命を守るため、敵を刺したこともあった。

対し、朱鷺を扇太郎のもとに送り込んだ天満屋孝吉は、女衒（ぜげん）というより遣手婆（やりてばばあ）のようで実にいやらしい。

はたしてそれは、彼の本心か。巻が進むにつれ、自分の家族について扇太郎と話すシーンがでてくる。天満屋の女の扱いが意外に思えてくるので、楽しみにされたい。

それまでは、目付・鳥居耀蔵の走狗（そうく）と嘯（うそぶ）いていた扇太郎だが、自ら護るものを作ったことで、考えるイヌとなった。朱鷺の存在が、扇太郎を変えて行ったのは間違いないだろう。切れ者の上司と渡り合い、事件を調べ、途中、身に降り掛かる火の粉をはらいつつ、解決に導いていく。

彼の武器は、その剣の実力と、その都度ごとに最適任者に能力を借りることだ。

今後どんな事件が起き、立ち向かっていくのか、朱鷺との関係はどうなるのか、次の巻が待ち遠しい。

待ちきれない方には、他のシリーズを読んでお待ち頂くことをお勧めする。上田時代小説にはずれなし。それぞれの「吉原」をご堪能あれ。

しかし、続巻が発売になったら、すぐに読まれるべし。当シリーズはまだまだ面白い展開が待っている。

色々と御託を並べてしまった。一番言いたい事とは、「闕所物奉行 裏帳合」シリーズは癖になる、ということだ。

（もたい・さちよ　書店員）

中公文庫

新装版（しんそうばん）
蛮社始末（ばんしゃしまつ）
——闕所物奉行（けっしょものぶぎょう） 裏帳合（うらちょうあい）（二（に））

2010年5月25日　初版発行
2017年10月25日　改版発行

著　者　上田秀人（うえだひでと）

発行者　大橋善光

発行所　中央公論新社
〒100-8152　東京都千代田区大手町1-7-1
電話　販売 03-5299-1730　編集 03-5299-1890
URL http://www.chuko.co.jp/

DTP　平面惑星
印　刷　三晃印刷
製　本　小泉製本

Published by CHUOKORON-SHINSHA, INC.
Printed in Japan　ISBN978-4-12-206461-4 C1193